진정 신사로, 숙녀로

깊어 가고픈

그대들에게

인생,
강하고 슬픈
그래서
아름다운

인생,
강하고 슬픈
그래서
아름다운

비 오면 빗속을,
바람 불면 바람 속을……

변상욱 지음

날카로운 시선의 변상욱 대기자가 삶의 대기자 待期者들을 위해 쓴 글 속에는 "내가 살아 보니 말야~, 니덜이 게 맛을 알아~?" 같은 류의 강요가 없다. '겨우 요거 달았어?', '최선이었어요'라고 하는 이철수 선생의 판화 속 볼품없는 머루송이의 작은 목소리도 가슴에 담고 조용히 토닥토닥 등 두드려 주며 "그래…… 열매 맺으려고 참 힘들었지"라고 위로해 주는 느낌. 이 책을 읽자마자 나는 단박에 기분이 좋아졌다.

– TBS 생방송 「유쾌한 만남」의 진행자, 코미디언 **김미화**

변상욱 대기자의 책을 읽을 독자들에게 미처 알려지지 않은 사실 한 가지를 폭로하고 싶다. 변상욱 대기자는 우리 회사 남자 직원들의 공공의 적인데, 그 이유는 갓 입사한 여직원들이라면 거의 예외 없이 변상욱 대기자에게 독점적으로 마음을 열기 때문이다. 그러니 그가 아무리 다양성을 말해도 그렇게 믿을 것이 못 된다. 그 자신이 사랑을 받는 데 있어서 독점적인 지위를 유지하고 있으므로. 그가 그토록 사람의 마음을 사로잡고 단번에 마음을 열게 하는 비결이 이 책 안에 숨어 있다고 느껴진다.

책과 영화와 단정한 생각과 욕심 없음과 달콤한 케이크와 세상을 걱정하는 사람들을 다정하게 사랑하는 그는, 한 번도 패거리 문화에 휩쓸린 적이 없고 후배들에게 권위적이었던 적이 없고 배우기를 멈춘 적이 없고 수줍음과 부끄러움을 잃은 적이 없다.

이 책은 인생론 같지만 사실은 "야, 우리 인생 따위는 집어치우고 책과 영화에 관한 재미난 이야기나 나누자." 같은 분위기가 있다. 우리는 대체 왜 그 많은 이야기들을 읽고 기억할까? 매 순간 새롭게 인생을 만나기 위해서가 아니라면 말이다. 삶이, 시간이 손아귀에서 빠져 나가고 있다고 느껴질 때 그때 변 선배를 찾아가 입을 연다면 그는 반드시 귀를 기울이고 이야기를 계속 이어 갈 것이다.

마치 이 책에서처럼.

– CBS 프로듀서, 북 칼럼니스트 **정혜윤**

송구하게도 나는 아직 살아가는 것의 이유를 모릅니다

이 책은 제가 SNS에 실었던 짧은 아포리즘이나 멘토링 트윗을 엮어 펴낸『우리 이렇게 살자』의 해설판인 셈입니다. 그 짧은 트윗 글들이 만들어지고 응축되고 가슴에 새겨지기까지 제가 마주친 현실 속에서의 체험과 만남들이 이 책에 담겨 있습니다.

감성적 터치로 글을 쓴다는 것이 저로서는 몹시 낯설고 어설픈 일입니다. 그런데 그동안 이런저런 인연으로 글을 부탁받아 건네준 것들이 꽤 되었나 봅니다. 묶어 책으로 남기자는 편집자를 만난 것도 인연이다 싶어 지난해 겨울 프랑스 여행을 마치고 돌아와 편집자가 모아 준 글들을 꺼내 읽으며 안식월 휴가를 보냈습니다. 과거의 글이지만, 한 줌 온기를 불어넣어 살릴 수 있는 것은 살리려다 보니 손발이 오그라들기 일쑤였습니다. 실소를 자아내는 치기도 엿보이고 허풍 가득한 감성도 덧칠해져 있어 난감했습니다. 허나 그 모자란 모습도 저일 거라 생각하고 아주 막되어 먹은 것 아니면 손보지 않고 그냥 부끄러운 그대로 내놓고자 합니다. 글을 다듬으면서 오래전 머릿속에 넣어 둔 요사 부손의 하이쿠 한 편이 그림처럼 떠올랐습니다.

도끼질하다
향기에 놀랐다네
겨울나무 숲

겨울 황량한 숲 속 비쩍 말라 허접해 보이는 나무에 도끼질을 하다 나무 속 깊은 곳에 웅크린 향기와 부딪힙니다. 살아 있음의 존엄함이 고개를 내밀어 그를 바라보고 있었던 것입니다. 놀란 그는 도끼질을 멈추고 나무를 부둥켜안은 채 꺼이꺼이 울었을 것입니다. 아니 저라면 울었을 것입니다. 기자랍시고 세상을 뒤적이며 다니다 부딪혀 놀라고 울컥한 것이 바로 '살아 있음'이니까요. 이 책의 글들에도 잘나지는 못했지만 자신과 자신의 주변에 순수하고 열심이던 저의 온기나 체취가 조금은 담겨 있습니다. 그것이 부끄러움을 무릅쓰고 글을 묶어 내놓는 변명이라 하겠습니다.

송구하게도 저는 아직 살아가는 것의 이유에 대해서, 어떤 것이 진실되이 살아가는 것인지에 대해서 답을 구하지 못한 채로입니다. 제게 삶은 여전히 모호하여 이유도 없이 시작해 뜻도 없이 끝나 버리는 조금은 허무한 것입니다. 그리 슬프지도 않았고 또 그다지 기쁘지도 않았습니다. 그저 때로는 즐거웠고 때로는 아름답기도 했으니 그거면 된 거라 여기며 스스로를 위로하곤 합니다. 다만 삶에게 진지하고 싶었고 어느 순간에는 삶도 나를 진지하게 대하고 있음을 느꼈다는 것이 이 책에서 이야기할 수 있는 전부인 듯합니다.

어느덧 봄이 왔고 깊어 갑니다.
봄은 그렇게 떠나고 또 그렇게 올 겁니다.
어쩌다 한 번은
어쩌다 잠깐은 내가 봄이 되고 싶습니다.
여러분이 봄이었으면 좋겠습니다.
아 여러분.

변상욱 드림

2016년 3월 20일

CONTENTS

추천사 ● 4

프롤로그 ● 5

송구하게도 나는 아직
살아가는 것의 이유를 모릅니다

CHAPTER 1

길 위에서 세상을 배우다

생말로에서 활을 쏘다	*14*
낯선 곳의 매혹 그리고 욕망	*21*
목련꽃 아래 서서	*27*
새벽 남 몰래 봄 처녀를 만나다	*32*
나는 벚꽃이 마냥 좋다	*36*
나는 꽃밭에 사노라	*42*
나는야 무더위 좋기만 하다	*47*

CHAPTER 2

어깨에 손을 올리면 가슴 아파 오는 이름

가슴 아파 오는 이름 *54*

딸과 아들에게 전하는 축지법 *59*

내 인생의 첫 주례 *64*

결혼과 결혼했다! *69*

자식을 신사, 숙녀로 가르치고 싶다면 *74*

상처와 분노를 다스리는 법 *81*

CHAPTER 3

인생, 강하고 슬프고 아름다운 것

거지가 한 조각 빵을 쪼개 나누는…… *88*

난 무엇을 부끄러워했던가 *95*

희망이란, 본디 이런 것 *100*

마음, 마음 하니까 *106*

너나 잘난 척하지 마 *114*

사람으로 산다는 건 *120*

CHAPTER 4

나는 이렇게 듣고 배웠다

공부가 가장 어렵고 즐겁다 130
들꽃에도 정중正中이 있다 139
몸을 믿고 몸으로 답을 찾아야 146
강은 역류를 품고 흐른다 151
산다는 게 무얼까 156
바람 불면 바람 속을 160
다리 하나로 춤추고 다리 없이 뛴다 166
산에 무엇이 있냐고요? 171

CHAPTER 5

예술에게 인생을 묻다

구름이 묻고 산이 답하다 178
누가 이 나라를 '헬조선'으로 만드는가 184
우리의 절망과 분노가 애매했기에 191
정상을 밟고 또 밟아 198
높이 나는 새가 멀리 본다 203
점점 팍팍해져 가는 세상 208

CHAPTER 6

사랑하는 사람이 사랑을 만든다

관능적인 사랑 216

갇힌 사람들의 에로티시즘 222

그래, 인생과 그저 노는 거야 228

저 가을 산을 어찌 혼자 넘지? 235

살아 있는 것들의 공명 240

CHAPTER 7

남자, 그리고 여자를 만나다

여성에 눈을 뜨다 250

그 남자와 그 여자 256

신사로 늙어 간다는 건 262

속절없이 나이만 먹더라도 268

21세기의 매너란? 274

신사와 한량 280

CHAPTER 1

길 위에서 세상을 배우다

벌은 꽃 안에
꽃은 정원 안에
정원은 토담 안에
토담은 마을 안에
마을은 나라 안에
나라는 세계 안에
세계는 신神 안에
그리고 신은
작은 벌 안에

– 일본의 어느 선승禪僧

생말로에서 활을 산다

2016년 새해 첫날을 먼 이국異國 낯선 곳에서 맞았습니다. 여기는 프랑스의 생말로. 저녁에 세찬 바닷바람과 겨울비를 헤치고 몽생미셸 수도원에 오른 뒤 근처의 가까운 중세 항구도시 생말로로 이동해 여장을 풀었습니다. 몽생미셸은 프랑스의 가장 매혹적인 여행지로 꼽히는 수도원이자 바위섬 꼭대기에 지어진 요새이자 감옥이었던 곳입니다. 큰 밀물이 밀려드는 대大만조 때면 바다에 잠겨 섬이 되지요. 미셸 수도원이 바다에 비친 모습을 보고 미야자키 하야오가 그것을 애니메이션 영화 「천공의 성 라퓨타」의 모델로 삼았다고도 하죠. 더 거슬러 올라가면 1976년 작품인 루이 지코지 감독의 영화 「라스트 콘서트」 도입부에도 이곳이 배경으로 등장했습니다.

바다 한가운데 떠 있듯 자리한 수도원에 하나둘 조명이 밝혀지고 주위가 어둠으로 덮여 가는 광경이 멋진 거야 당연하지만 가슴에 와 닿진 않았습니다. 가톨릭 신도가 아니어서일까요? 아니면 신심信心이 부족해서?

그것이 중세의 휘황한 성당이든 거대한 만리장성이든 신비스러운 피라미드이든 나는 늘 그랬습니다. 하루 먹을 것 구하기도 어려웠던 그 시절의 민중이 세속 권력이나 종교 권력에 동원되어 쥐어짜듯 흘렸을 피땀이 떠오르며 감흥이 깨지고 맙니다. 드러난 역사 유물의 그 뒤안길을 넘겨볼 수 있는 것이 오히려 종교적 영성에 가깝다고 생각하며 별과 별 사이 어둠을 보라는 스승의 충고대로 살아온 탓일 겁니다. 그래서 지금도 커다란 교회 건물을 보면 쯧…… 하며 마음을 닫아 버리고 맙니다.

오히려 머릿속에 맴도는 건 몽생미셸 방문 후 저녁식사로 먹은 거품 계란 오믈렛의 비릿한 맛입니다. 계란과 크림을 머랭 치듯 휘저어 큰 거품을 일으켜 구워 낸 커다란 오믈렛은 비릿하니 별로였습니다. 남들이 고개를 절레절레 내젓던 카술레(콩과 고기를 넣어 끓인 프랑스 농가에서 유래된 스튜)마저 입에 딱 맞는다고 마구 퍼 넣던 내게도 몽생미셸의 오믈렛은 첫 숟갈부터 힘들었습니다. 그래도 멀고 먼 몽생미셸 수도원을 향해 순례의 길을 걸어온 수도사나 신도들이 허기진 배를 채우기 위해 거품으로라도 양을 늘린 이 오믈렛 한 조각에 감사의 기도를 드렸을 거라 생각하니 괜히 경건해지며 한 숟갈 한 숟갈 떠 넣을 수 있었습니다. 그때의 삶도 오늘의 삶도 어쩌면 이리 비릿한 맛이긴 마찬가지일 거라는 생각도 했습니다.

나도 한때 수도사의 길을 로망처럼 간직했던 날들이 있었습니다. 나는 화살처럼 살고 싶었습니다. 온 삶을 던져 어떤 큰 목표를 향해 거침없이 달려들고 싶었습니다. 과녁에 꽂힌 화살이 마지막 남은 힘으로 부르르 떨며 자신의 존재를 알리듯 그렇게 말입니다.

날아가 온몸을 꽂아야 할 그 목표물이 뭐냐고 물으면 그때는 거창하게 대답했겠으나 이제는 아닙니다. 활쏘기 이야기가 나왔으니 활로 설명을 한다면 독일 칸트주의 철학자 오이겐 헤리겔의 도움을 받아야 할 듯하군요. 오이겐 헤리겔은 교환 교수로 일본에 머물면서 불교의 선禪과 묵화, 꽃꽂이 그리고 궁도弓道를 배운 사람입니다. 스승을 모시고 숨쉬기와 서고 앉는 것부터 시작해 6년간 활쏘기를 익히며 배운 것을 그는 『활쏘기의 선』이라는 책으로 펴냈습니다.

헤리겔의 깨우침은 내 식대로 간추리자면 이런 것이었습니다.

결국 중요한 건 표적이 아니다. 당연히 명중시킨다는 건 더더욱 중요할 리 없다. 명중은 그저 내가 무심無心의 경지에서 제대로 몰입했다는 걸 반증하는 결과물 중 하나일 뿐이다. 궁도에서 주체는 활도, 화살도, 목표물도 아닌 나라는 존재가 아닐까? 나라는 존재가 있고 내가 행하는 행위 역시 내가 되어야 한다. 나라는 존재가 있고 내가 살아 내는 삶이 곧 나이듯이…….

활쏘기를 배우던 어느 날인가 활과 화살, 과녁, 그리고 내 자신이 하나로 얽히고 뭉쳐지면서 각각을 분별하기 어려워지고 궁극에는 그것들이 하나가 되는 순간이 생겨났다. 아예 분별하려는 욕구마저도 사라졌다. 활을 잡고 쏘는 순간 모든 것이 너무도 맑고 명료해지면서 그저 별것도 아닌 듯 우습게 느껴지기조차 했다. 나는 그저 쏠 뿐이었다. 멋있을 필요도 없이, 명중시킬 필요도 없이 깨달음에 도달하려는 욕망도 없이.

그때야 스승은 오이겐 헤리겔에게 '자신의 한가운데를 뚫는 그것이 바로 명중의 의미'라고 격려합니다. 그 '무위의 명중'이라는 경지는 춤에서도 드러나고 노래와 하나가 되어 가는 가인에게서도 엿볼 수 있습니다. 「생활의 달인」이라는 TV프로그램에서 종종 그 '명중'의 실체를 느껴 보지 않으셨나요?

무엇보다 중요한 건 무위의 명중이 땅을 일구고 그물을 던지고 망치질을 하며 이 땅을 살아가는 누구에게나 존재한다는 걸 알아차리는 일입니다. 우리의 어머니, 우리의 형제, 우리의 이웃이 그렇게 오늘도 활을 당기며 살아갑니다.

그래도 당신의 과녁이 무엇이냐 내게 물으면 겨우 답할 수 있는 건 나는 내 밖에 목표물을 둔 것이 아니라 이제 내가 누구인지를 확인하고 싶고 내가 누구인지를 확인했다면 내 삶으로 그 영혼을 보여 주고 싶다는 것입니다. 자신의 영혼을 증명하는 것이 살아가는 것에서의 명중이 아닐까 하는 것이죠.

그것을 내 자신을 찾는다고 표현하든 내 자신을 이루어 간다고 하든, 기억할 것은 우리는 늘 우리 자신을 만들어 가고 있다는 것입니다. 인생은 계속되는 자기 창조의 경험입니다. 당연한 이야기입니다. 세상 그 어디에 완제품이 되어 버린 우리가 우리를 기다리고 있겠습니까?

살아 움직이고 변하는 건
우리의 숙명입니다.
포도를 수확해 으깨든
포도나무에 매달린 채로 놔두든
세상과 만난 포도는
그냥 포도로 남지 않고 술로,
술 비슷한 것으로 변해 갑니다.

죽은 듯 멈춰 있지 못합니다.
숙명입니다.
그렇다면 나는 무엇이 되어 가는 중일까요?
여러분은 무엇이 되려 하십니까?

낯선 곳으로의 여행은 구경이 아니라 발견입니다.

다른 이들을 달리 이해하게 하고

자기 자신을 문득 발견하게 하죠.

낯선 곳의 매혹 그리고 욕망

흔히 우리는 다른 이들을 향해 모순된 감정을 품습니다. 어떤 때는 차이를 부정하며 '그래 봤자 너도 똑같아. 너나 나나 똑같은 인간이라고' 하며 동일시로 몰고 갑니다. 그런가 하면 차이를 강조하며 막아설 때도 있습니다. '너는 너고 나는 나야, 내 방식이 옳아'라고 선을 그으려 하죠.

이 두 욕망은 서로 부딪히고 갈등하지만 여행과 여행에서의 만남은 이 두 욕망을 화해시키고 균형을 잡아 줍니다. 내가 성장해 온 문화와 풍토로는 가당치 않지만 달리 살아온 이들의 입장에서는 얼마든지 다를 수도 있는 것들이 많습니다. 그걸 알아차리는 경험과 느낌은 참 멋지고 소중합니다. 그 경험을 얻기 위해 떠날 먼 곳으로의 여행에서 준비할 것은 겸손함입니다. 인류학자인 레이몽드 카롤이 설파한 대로 "타국의 문화를 분석하면서 얻는 가장 큰 이로움은…… 깊은 상처에서 비롯된 문화적 오해를 타자에 대한 매혹적이고도 무한한 탐구로 변모시킨다는 것"입니다.

프랑스를 두고 내가 이전에 머릿속에 담고 있던 개념들은 '제국주의', '규장각 도서 침탈', '혁명과 반혁명', '패션 산업' 등이었습니다. 그 개념들의 덤불에서 나와 내 멋대로의 편견이나 고정관념을 깬 첫 경험은 취재 중 만난 프랑스 청년 사업가의 추억담이었습니다. 그 친구는 "프랑스는 농업국가예요. 나 농민의 아들이라고요. 쟁기질, 트랙터 운전…… 할아버지, 아버지에게 배우며 컸어요."라며 가슴을 폈습니다. 이번 여행 중 프랑스에 가장 부러웠던 점도 탄탄한 농업 기반이었습니다. 수출·제조업 위주의 우리가 세계 경기 부진과 수출 침체 상황에서 일자리와 서민 생계의 몰락을 뜬눈으로 바라볼 수밖에 없는 이유 중의 하나도 1차 산업 기반의 부실함이니까요.

「미라클 벨리에」라는 청소년 성장 영화를 보면서 프랑스의 진면목을 발견하는 또 다른 경험을 했습니다. 청각장애인인 부모의 외부와의 소통을 일일이 수발들며 자란 노래 부르는 농촌 소녀의 이야기를 담은 영화입니다. 딸 없이는 병원 진료마저 불편한 청각 장애가 있는 아버지가 무능력하고 탐욕만 가득한 시장에게 도전장을 내밉니다. 시장 선거에 출마하며 아버지가 딸에게 이야기합니다.

"왜 내가 시장 선거에 출마하면 안 되는데…… 내가 귀로 듣질 못해서? 그건 나의 결함이 아니라 정체성일 뿐이야."

그제서야 나는 머리로만 이해하던 프랑스 똘레랑스에 대해 더 뚜렷한 이미지를 얻게 되었습니다.

프랑스가 농업국가라 해도 물론 파리는 따로 이해할 필요가 있습니다. 흔히 파리를 멋쟁이들의 도시라고 이야기합니다. 파리 사람들이 옷차림에 꽤나 공을 들이는 건 맞습니다. 그러나 그들은 자기 자신답게 입고 자신감을 갖는 것이고 또 그렇게 입고 나온 사람이라면 어떻게 입었든 그 개성을 존중하는 태도를 보입니다. 그것을 그의 멋이라 인정해 주는 것이지 명품 브랜드와 가격으로 따지는 맵시는 아닌 것입니다.

아이들조차도 어린 시절부터 스스로 옷을 골라 갖춰 입고 나서도록 배우는데 옷 입는 패션 감각에 대해 부모든 형제든 형편없으면 형편없다고 날선 비판을 가합니다. 입으라는 대로 입으라며 부모가 아이에게 떼를 쓰는 우리하고는 비교되는 모습입니다. 이것 역시 '정체성과 자존감을 어떻게 이끌어 가는가'라는 프랑스인의 절대적 명제에서 비롯되는 듯합니다.

과거 파리에서 프랑스어를 더듬거리는 외국인이 영어를 술술 내뱉는 외국인보다 관대한 대접을 받았던 것도 그렇습니다. 자기의 정체성을 단호히 드러내면 이웃으로 받아 주지만 괜한 잉글리시 아메리칸 필을 내보이면 환영받지 못했습니다. 오늘에는 프랑스인들도 영어, 일본어, 중국어를 배우느라 바쁘긴 하지만 밑바닥에는 여전히 모국어 사랑이 깔려 있습니다. 그래서 아직도 서툴게라도 프랑스어를 시도하는 사람들을 반가워합니다.

샐리 애덤슨 테일러의 『프랑스』라는 저술을 가이드로 삼아 탐구해 보자면 아이들을 키우는 일에서도 프랑스는 독특하죠. 아이들이 지켜야 할 영역을 벗어나면 프랑스 부모들은 상당히 엄혹하게 대하는 걸로 알려져 있습니다. 그래서 프랑스 아이들은 자유분방해 보여도 생떼를 쓰거나 교사에게 반기를 드는 일이 상대적으로 적습니다. 집에서조차도 아이들은 어릴 때부터 부모의 프라이버시와 인간으로서의 욕구를 인정하고 존중하도록 교육받습니다. 부모가 운전하는 차에 타면 카시트에 앉을 만한 어린 나이의 꼬마도 스스로 안전띠를 채우고 운전 중에는 철저히 부모의 지시를 따르는 정도입니다. 가방도, 태권도 도복도 어머니에게 던지듯 맡기고 학원이 끝나면 당연하다는 듯 승용차 뒷좌석에 올라타는 우리네 풍경하고는 차이가 있습니다.

아이들에게 무언가 규칙을 설명한 뒤에는 좀처럼 물러서지 않는 것도 프랑스 스타일이죠. 프랑스는 반복되는 일상 속에서의 행동들을 바르게 행하도록 가르치는 데 비중을 둡니다. 우리는 이러지 마라, 그래선 안 된다 하며 지켜야 할 것들을 입으로는 쏟아 놓지만 그걸 철저히 준수하도록 훈육하는 일에는 소홀한 편이고 무엇보다 한

방 터뜨려 주기를 고대하며 교육에만 올인합니다. 프랑스는 기본을 철저히 훈육하고 그다음은 아이에게 맡기는 스타일입니다.

레이몽드 카롤은 프랑스 스타일 육아법을 두고 땅을 새로 갈고 잡초를 뽑고 씨앗을 뿌려 정원을 가꾸는 과정과 비슷하다고 설명합니다. 그렇게 해놓으면 씨앗은 자기 식대로 자란다는 것이고 거기서부터는 그대로 놔두면 된다는 것입니다. 그런데 아이들을 부모의 갈망에 맞춰 키우려는 우리네 부모들은 마치 분재를 다듬듯 철사로 꼬아 비틀고 지지대를 받치고 영양제를 투입하며 부모 나름대로 최상의 조건을 쏟아부어 끌고 가려 합니다. 심지어는 대학에서도 성적이 나쁘면 부모가 자식의 평점이 제대로 나온 건지 확인하고 싶다며 나설 정도니 그것이 교육인지, 양육인지, 사육인지 애매할 정도입니다.

프랑스의 또 다른 특징은 'joie de vivre(삶의 환희)'를 꼽을 수 있겠습니다. 과거 유행했던 조크 하나를 소개하죠. 프랑스인과 영국인이 마차에 함께 타고 위태로운 벼랑길을 아슬아슬 달리면 영국인은 달리는 중에는 침착하고 잠잠하다가 도착하고 나면 진땀을 흘리고 부들부들 떨며 무서웠음을 토로한다고 합니다. 프랑스인들? 그들은 마차 안에서는 비명과 괴성을 지르다가도 도착한 후엔 언제 그랬냐는 듯 깔깔대며 현재의 시간을 즐깁니다. 벼랑길 상황으로는 영국인이 합리적인 듯 보이지만 프랑스식도 나쁠 게 없습니다. 이미 무사히 건너온 걸 되새김하며 무서워할 게 뭐 있겠습니까? 둘을 섞어 쓰는 게 가장 이상적이긴 하겠군요.

도도하고 냉정하나 활기에 찬 삶이 프랑스 스타일입니다. 아마도 프랑스인들이 가장 싫어하는 건 삶이 따분하고 지루해지는 것일지도 모르겠습니다. 그것이 미식美食이라 이름 지어진 프랑스 요리와 화려하고 풍성한 디저트에도 반영된 것 아닐까 싶네요.

프랑스의 긴 식사 시간은 마치 우리의 휴가처럼 보입니다. 레스토랑도 식사 시간이 보람찬 휴식이 되도록 배려합니다. 심지어는 카페에서 커피 한 잔 마시는 시간도 절대적 휴식처럼 보입니다. 커피 한 잔에 하루 종일 자리를 차지하고 있다 해도 눈총 받을 일이 없다고 들었습니다.

'살아 있다는 것의 기쁨과 즐거움'을 누리는 한 사람의 정체성과 자존감을 인정하는 똘레랑스인 셈입니다. 그것이 프랑스이고 프랑스인입니다.

미국의 어느 저널리스트가 멋진 표현을 남긴 것이 있습니다.

프랑스인들은 여전히 **'축적의 즐거움'**과
'즐거움의 축적'을 구분할 줄 알더라고.

● 『세계를 읽다 프랑스(가지 출판)』 참고

목련꽃 아래 서서

포토 ©류혜인

새벽 졸린 눈을 비비며 일어나 아침상을 준비하다 보니 쌀 씻어 안치는 걸 깜박했습니다. 이미 늦어 버린 일, 황망히 편의점으로 '햇반'을 사러 가는 길입니다. 아파트 단지 놀이터 앞에서 목련 꽃봉오리들과 마주쳤습니다.

아, 어느새 저만큼이나…… .

채 열리지 않은 봉오리들이 한없이 예쁘기만 합니다. 요 며칠 바람을 탔는지 봉오리들은 다들 한쪽으로 갸우뚱 고개를 꺾은 채 멋쩍은 눈으로 나를 내려다봅니다.

"바람이 너희에겐 험했나 보다. 괜찮아, 더 크고 피어 벌어지면 제자리로 돌아올 거야."

가볍게 눈인사를 건네고 발걸음을 옮기려다 보니 목련나무 아래 움직이는 누군가가 있습니다. 할머니 한 분이 웅크린 채 쑥을 캐고 계시군요. 목련을 사이에 두고 한쪽에는 꽃만 바라본 내가 있고, 다른 한쪽에는 꽃을 등진 채 흙을 만지는 할머니가 계셨던 겁니다.

너무도 소담스러워 품고 입 맞춰 주고 싶은 목련 꽃봉오리들에게 눈길 줄 것도 없이 쑥을 캐는, 도시 한가운데 저 노년의 삶은 얼마나 곤고한 것일까 생각했습니다. 그러다 저 할머니도 봄꽃에 가슴 뛰고 볼 빨개지던 시절을 지냈으려니 하는 데까지 생각이 이르자 괜히 죄스러워집니다. 세월이 조금 더 지나면 그 모습이 내 모습이 되리라는 생각이 불현듯 들었습니다.

'그랬군, 서 있는 자리는 다르지만 할머니와 난 같은 길에 서 있는 거군.'

가슴 한구석 어딘가에서 작은 통증 하나가 찌릿 솟아납니다. 통증이 시리도록 차가워 움찔합니다. 비행기를 좋아했던 생텍쥐페리가 『인간의 대지』에서 그 놀람을 적어 둔 게 생각났습니다.

그동안 길이 우리를 속여 왔다.

길에 서면 그 길만 보일 것이지만 높이 허공에 솟아 시야를 얻은 사람에게는 그 길의 끝이 어디인지 보였겠지요. 막힌 길이어서 그랬을까요, 아니면 길은 길로 이어져 결국 어디로도 데려다주지 못함을 보았을까요?

그다음 날 밤, 이제 사회에 막 뛰어든 젊은 후배를 만났습니다. 어느 길로 가야 할지, 그 길의 끝에서 자기를 기다리는 건 무얼지 고민하고 있었습니다. 여기 적은 '길' 이야기는 하지 못했습니다. 어렵고 힘든 시절일 테니 그저 자기 마음과 몸을 보중해 견디어 내야 하고, 일상 속에서 마주친 일들과 만나는 사람들을 잘 살펴 하루하루를 단단히 하라고 일러 줬을 뿐입니다.

이리저리로 난 길들을 살피기에 여념이 없는 꽃봉오리 같은 젊음과 지나온 길, 남은 길에게서 등을 돌려 시선을 닫아 버린 노년, 그리고 그 가운데 우두커니 서 있는 중년의 '나'. 우리 셋은 그렇게 하나의 길에 서 있는 셈입니다.

막 피어나는 것도 길을 가는 것이고, 꺼지듯 주저앉아 무심히 흙을 만지는 것도 길을 감이며, 그 사이에서 머뭇거림도 나름대로의 걸음이라 생각했습니다. 이래도 꽃이고 저래도 꽃이라는 대화엄의 세계가 조금 더 들여다보입니다. 그래요, 그랬던 겁니다. 달라도 한참은 달라 보이더니 하나의 길이고 하나의 삶이었습니다.

다시 그 자리로 가 두 손을 모아 섰습니다. 한 손은 할머니께 위무와 고마움의 뜻을 담아, 또 한 손은 이제 피어나는 후배에게 격려를 담아 두 손을 하나로 모았습니다.

우리 모두의 길이 평안하기를…….

포토 ©류혜안

새벽 남 몰래 봄 처녀를 만나다

이른 봄, 이른 새벽 후배에게서 문자 메시지가 날아왔습니다.

지금 집에 갑니다.
우리에게 미래란 과연 있는 건지,
함께 꿈꿀 사람들은 있는 건지…… 힘이 빠지네요.

후배는 안쓰럽게도 이 새벽까지 술잔을 기울이며 가슴을 후벼 판 모양입니다. 깨버린 새벽잠을 다시 이어 가기도 뭐해 주섬주섬 옷을 챙겨 입고 집을 나와 공원을 서성입니다. 지난밤까지 이어진 지독한 꽃샘추위로 새벽 공원엔 봄 아닌 봄이 얼룩처럼 희미하게 묻어 있습니다. 스스로에게 물어봤습니다. 미래, 꿈, 함께 꿈꿀 사람을 생각했습니다. 나 역시 힘이 솟기보다는 빠지는 기분입니다.

'우리에게 미래가 있을까? 저 회색 콘크리트 덩어리 틈바구니에서 잠들어 있는 사람들 저마다의 꿈은 가당한 것일까? 이 나라는 언제고 세상의 중심에서 행복과 번영을 구가할 미래가 올까? 그렇게 따지면 이 지구를 딛고 사는 생명들에게 목숨은 과연 축복일까?'

오래전부터 전해 오는 이야기를 떠올렸습니다.

절망에 빠진 젊은 수도승이 가르침을 구하고자 인생 끝이 얼마 남지 않은 사막의 스승을 찾아갔습니다.

"저는 평안을 찾고자 무진 애를 썼습니다. 그러나 이젠 생각할 힘조차 없습니다. 저에게 더 버티어야 할 희망이 있는 겁니까?"

……

"수도 생활을 한 지 얼마나 되었지?"

"한 10년 되었습니다."

"10년이라…….

난 이 수도복을 입은 지 이제 70년일세.

하지만 아직 단 하루도 평온한 적이 없었어.

10년? 10년이란 말이지!"

그런데 이런 절망적인 이야기를 들은 젊은 수도승은 퍼뜩 깨달은 바 있어 기운을 내 자기의 길을 떠났다고 합니다.

70년 내내 하루도 빼놓지 않고 힘들었던 이야기 속 노스승에게선 왜 평온함이 느껴지는 것일까요? 살펴보면 노스승은 불완전한 자기 자신과 자신의 불안함에 스스로를 일치시키고 있음을 알 수 있습니다. 반면 젊은이는 그런 자신으로부터 벗어나려고 애썼던 것이죠. 불완전하고 불안한 것은 사실이자 진실입니다. 그런 진실을 떨쳐 내려 애쓰니 정말 불안한 삶이 되지 않겠습니까? 위험한 일입니다. 불안하고는 함께 토닥거리며 살 수 있지만 진실도 현실도 아닌 화려한 갈망과는 어울리기 쉽지 않습니다. 자기혐오나 절망, 죄책감이 짓누르고 위협할 것입니다.

70년을 수행해도 온전한 평화와 깨달음을 얻지 못했다면 존경할 만도 못 하고 누구에게 내세울 것도 못 되는, 어쩌면 부끄러운 일입니다. 그러나 노스승에게 그런 건 중요하지 않은 모양입니다. 없으면 그만이지 없는데 뭘 어쩌겠으며 부족한 건 부족한 거지 뭘로 감추겠습니까? 불안하니 불안한 사람으로서 살면 되고, 평온해야 한다는 강박관념에도 구속되지 않고 자유롭게 살면 됩니다. 그렇게 왔고 그렇게 갈 것입니다.

꽃샘추위에 떠밀린 이 땅의 봄이 불안스레 휘청대며 이리저리 떠밀리다 공원 여기저기 주저앉아 있습니다. 그러나 봄은 봄, 결국 온 천지에 내려앉을 것을 우리는 압니다.

우리도 봄처럼 휘청거리며 주저앉다
결국 우리의 길로 가면 됩니다.
봄빛이 되어 바람이 되어 그렇게 갈 것입니다.

클로드 모네, 〈양산을 든 여인〉, 1875, 워싱턴 국립 미술관

나는 벚꽃이 마냥 좋다

벚꽃 놀이가 펼쳐지는 여의도가 집 근처지만 벚꽃 구경하기란 여의치 않습니다. 사람 북적이는 곳을 피하는 성격이라 그런 모양입니다. 올해는 한적하니 커피 한잔하며 밤의 벚꽃을 즐겨 볼까 싶어 여의도 강변에 적당히 외진 곳을 찾아 마음먹고 나섰습니다. 그러나 전날 꽃을 시샘하는 비바람이 모질더니 모두 지고 말았습니다. 벚꽃의 뒷모습만 겨우 보았다고 해야 할 겁니다.

고달픈 도시 생활, 꽃놀이 한 번 여유 있게 즐길 수 없는 신세를 한탄하면서 그 심정을 시로 옮기는데 '꽃이 어울리지도 않는 / 꽃을 즐길 겨를도 없는 / 팍팍하고 고달픈 세상사…… / 그래도 어김없이

포토 ©류혜안

색도 향기도
뒷모습뿐이로고
삼월 그믐날

일본의 하이쿠 중에 '봄꽃의 뒷모습'을 시어詩語로 한 작품입니다.

벚꽃이 피누나'라고 읊조렸다면 얼마나 볼품없는 시입니까? 이것을 하이쿠의 명인 코바야시 이싸는 이렇게 노래합니다.

그럴 가치도
없는 세상 도처에
벚꽃이 피네

벚꽃 잎 하나를 두고 완벽한 감동이라고 읊조린다면 오버한다 할 일입니다만 꽃 앞에 '그럴 가치도 없는 세상'이란 아픈 고백을 놓으니 이어 등장하는 벚꽃의 의미와 무게가 달라지는 멋진 조응입니다.

하이쿠는 〈5. 7. 5〉 음률로 짓는 17자 형식의 정형시입니다. 〈5. 7. 5. 7. 7〉로 짓는 와카和歌가 있고, 와카는 그 뒤 첫 사람이 〈5. 7. 5〉로 읊으면 다음 사람이 〈7. 7〉로 잇고 마지막 사람이 〈5. 7. 5〉로 마무리하는 렌가連歌로 발전하고, 렌가의 앞부분이 독립된 형식으로 발전해 〈5. 7. 5〉의 하이쿠가 됩니다. 그리고 계절을 나타내는 단어인 계어季語가 꼭 들어가야 하니, 하이쿠는 세상에서 가장 독특하고 짧은 시 형식이라 할 수 있습니다.

벚꽃을 노래한 하이쿠 중 유명한 작품으로 벚꽃 핀 풍경이 가장 화려하다는 요시노 산을 노래한 것이 있습니다.

구름 마시고

꽃잎을 토해 내는

요시노 산山아

요시노 산은 옛날부터 벚꽃의 명소로 꼽히는 곳입니다. 비바람이 세차게 불면 벚꽃잎이 떨어지되 바람에 휩쓸려 이리저리 휘몰아치며 떨어지는 모양입니다. 그래서 요시노 산이 하늘로 꽃잎을 뿜어내듯 꽃잎이 아래로가 아니라 위로 솟구치는 멋진 광경이 펼쳐진다고 합니다. '구름 마시고'라는 앞 구절은 하얀 벚꽃이 산을 가득 메우고 있는 모양새를 하얀 구름 위로 산이 솟은 것으로 묘사한 것이겠지요. 요사 부송이라는 옛 하이쿠 시인의 노래입니다.

그러나 요시노 산의 벚꽃 하면 역시 "벚꽃 아래서 봄날 죽고 싶다"고 노래했던 선승禪僧 사이교의 시를 빼놓을 수 없습니다. 와카 형식인데 앞머리 〈5. 7. 5〉 발구發句는 이렇습니다.

요시노 산山아
넘어져 뒹굴어도
꽃 한가운데

온통 꽃 천지이니 넘어져 뒹굴어도 꽃밭일 거라는 정도로 읽으면 이 하이쿠의 참맛을 느낄 수 없습니다. 아까 이싸의 하이쿠에서 '그럴 가치도 없는 세상'처럼 넘어져 뒹군 곳은 요시노 산이 아니라 애증이 얽히고 설킨 현실인 듯 여겨집니다. 희로애락, 희망과 좌절, 꿈과 분노가 얽혀 있는 우리네 사는 세상. 그런데 그것들을 모두 꽃으로 불러주는 겁니다. 기쁨도 슬픔도 나도 너도 이것저것 모두 꽃입니다. 그러니 거기서 '넘어져 뒹굴어도 꽃 한가운데'가 되는 것이죠.

멋지지 않습니까? 불교에서 말하는 화엄華嚴의 세계를 엿보는 듯합니다. 세상 온갖 기쁨과 꿈, 걱정과 좌절, 밑바닥 인생이 하나로 어우러진 꽃무더기입니다. 운명, 숙명, 성공과 좌절, 자유, 속박, 추함과 아름다움의 경계를 벚꽃이 지워 버립니다. 흔히 생명과 죽음은 상극이고 아름다움과 추함의 간극은 까마득하다 여기지만 더 큰 마음들은 그걸 하나로 녹여내는 것입니다. 기독교가 제시하는 그리스도 십자가의 구원도 이런 것일 거라 생각합니다.

아, 저는 이 벚꽃이 마냥 좋습니다. 시대와 역사가 벚꽃에 대해 일본의 '사쿠라'라는 별칭과 적개심을 만들기도 했지만 시대와 환경이 그렇게 인간을 싸움터와 차별로 몰아간다 해도 그 아래서 무엇을 피워 내고 묶어 내고 녹여낼지는 우리 각자가 선택할 수도 있습니다. 우리가 이념에 사로잡힌 기계적 이분법에서 벗어나 화엄과 구원의 꽃으로 피어난다면 아마 세상은 꽃필 가치가 있는 세상이리라 생각합니다.

나는 꽃밭에 사노라

사무실에서 밀린 일을 하고 있는데 생방송 중인 팀의 작가로부터 전화가 걸려 왔습니다. 캐나다 최고의 관광 코스 중 하나로 꼽히는 110년 역사의 '부차트 가든'에서 꽃밭을 가꾸고 있는 정원사를 연결했는데 내 안부를 묻더라는 겁니다.

아, 그 후배. 기자로 현장을 뛰다가 나이 40이 넘어 온 가족을 데리고 캐나다 빅토리아로 갔다더니 웬 정원사? 그것도 영국에서 커뮤니케이션을 전공한 제대로 된 저널리스트였는데 말입니다.

반가운 마음에 방송 후 전화로 안부를 묻고 전한 뒤 블로그에서라도 자주 만나자 했습니다. 사람들에게 별 소식 알리지 않고 조용히 꽃에게 땀을 쏟으며 지내 오다 『세상에서 가장 아름다운 일터』라는 책을 내며 부차트 가든의 유일한 한국인 정원사로 세상에 알려진 모양입니다.

훌쩍 가족과 함께 캐나다로 이민 간 뒤 "머리 쓰지 않고 시원한 바람을 맞으며 할 수 있는 일이면 무엇이든 좋다"고 지역 이민자 봉사단체에 구직을 부탁한 게 인연이 돼 정원사가 되었다고 하는군요. 그리로 가 그런 일을 하게 되기까지의 배경에는 기자로 지켜본 우리 세태의 안타까움과 답답함이 깔려 있으리라 여겨집니다.

"어이, 거기 내 자리도 하나 알아봐 줘, 바로 달려갈 테니."

말은 그리했지만 못 갈 것입니다. 내 딸의 말로는 반짝이는 검은 구두에 하얀 드레스 셔츠, 대리석 바닥의 울림을 좋아하는 전형적인 도시 남자가 무슨 목가적인 삶을 꿈꾸냐는 것이죠.

'흠, 그런가……?'

인정해야겠습니다. 나는 목가적인 사람이 아닙니다. 건강을 위해 산보를 해도 집 앞 한강 변을 놔두고 도시의 골목을 쏘다니고, 여행을 가면 낯선 대도시의 카페를 뒤지는 걸 즐기는 처지니까요.

꽃밭 이야기를 듣고 나니 떠오르는 조슈 사사키 로시의 시詩가 있었습니다.

나비가 꽃 속에 깃들듯
새가 나무에 둥지를 틀듯
아기가 어미의 젖가슴을 매만지듯

이 생生에서의 67년 동안

나는 그렇게 신神과 함께 놀았노라

파울 클레, 〈장미의 정원〉, 1920, 렌바트 하우스 미술관

꼭 꽃밭에 가야 무위자연無爲自然을 만나는 건 아닐 거라 생각합니다. 궁극에는 사람 사는 도시도 자연이 아닙니까? 무위자연의 깨달음도 하늘에 둥실 떠다니는 어마어마한 존재가 아닐 겁니다. 도道를 구하기 위해 멀리 떠난 젊은 두 제자의 이야기를 들려 드리죠.

깊은 산속에 홀로 거하고 있는 훌륭한 스승이 계신다 하여 산길에 들어 헤매다 개울을 발견하고 목을 축이러 다가섰습니다. 그런데 저 위에서 배추잎 한 조각이 떠내려오는 것이 보였습니다. 순간 두 제자의 얼굴에 잠시 실망의 빛이 스쳐 지나갔습니다.

"여보게, 여기도 아닌가 보이……."

"그런 거 같지?"

…….

그때였습니다. 산 위에서 누군가 뛰어 내려오며 다급하게 외쳤습니다.

"여보시게, 여보시게 거기 그 배추잎 좀 잡아 주시게."

두 젊은이의 얼굴이 다시 환하게 밝아졌습니다.

배추잎 하나 간수 못 해 주으려고 산길을 허둥대는 노선사에게서 왜 푸근함과 신뢰가 느껴지는 걸까요? 대교약졸大巧若拙이라 합니다. 큰 지혜로움은 어리숙해 보인다는 것이고 중국 선불교 3대 조사인 승찬의 신심명信心銘도 지극한 도는 결코 어렵고 복잡한 것이 아니라는 말로 가르침을 시작합니다. 도道란 삶에 녹고 어우러져 구분이 되지 않는 평범한 것이 될 때 올바로 닦고 있다는 가르침입니다. 자연도 그러하리라 생각합니다. 자연스러운 척 애쓰면 자연스러울 리 없듯이 자연만 찾아 머무르려 한다면 거기가 자연다운 자연은 아닐 수도 있을 겁니다.

내가 스승께 얻어 이웃들에게 적어 주곤 하는 '글에서 말로, 말에서 침묵으로, 침묵에서 삶으로'도 아마 그런 맥락일 거라 생각합니다. 지금 내가 선 이 자리에서 깊이 내려가 세상의 진실을 만나고 싶습니다.

그날 밤 반가운 비가 내렸습니다. 적당히 습기를 머금은 바람은 몹시 정겨웠습니다. 머리는 맑고 가슴은 고요해지며…… 나는 나를 내려다봤습니다.

지친 나를 위로할 사람은 나였습니다. 부드럽게 나를 쓰다듬으며 위로했습니다. 캐나다 그곳이 전원이고 아름다운 일터라면 여기 이렇게 비 내리고 바람 불고 가난한 마음들이 피어 있는 이곳도 전원일 거라 위로했습니다.

지금은 흐릿해도 이렇게 이 길을 따라가다 보면 존재한다는 것만으로도 축복이고, 살아 있음이 이리도 성스러운 일이라던 가르침에 고개를 끄덕이게 될 날이 올 것입니다!

나는야
무더위
좋기만 하다

무더위가 찾아오면 내게는 벗이 하나 돌아옵니다. 그 친구는 바로 부채입니다. 해마다 이맘때가 되면 서랍을 뒤적여 지난여름에 쓰던 합죽선을 찾아 책상 위에 올려놓습니다. 하지만 노상 부채질을 해대는 건 아닙니다. 어쩌면 좀처럼 부채질을 안 하는 편에 더 가깝습니다. 그저 폈다 접었다 하거나 기껏 서너 번 흔들고 다시 접곤 합니다. 주변에서는 바람질도 안 할 걸 뭐 그리 품고 다니고 만지작거리느냐며 핀잔도 줍니다. 간혹 검도 수련용 쇠로 된 철선 아니냐고 들여다보기도 합니다. 그럴 때 나는 멋쩍은 듯 피식 웃어넘기기도 하고 "부채란 본디 더위를 쫓으려는 게 아니고 더위랑 어울리려고 지니는 거요"라며 응수도 합니다. 한자로는 더위를 인정하고 슬쩍 자리를 피해 준다

김홍도, 〈빨래터〉, 18세기 후반, 국립중앙박물관

해서 피서避暑라고 쓰니 쫓아내는 것도 아니고 어울리는 것도 아니고 그 중간쯤인 모양입니다.

중국의 옛 시 가운데 기막히게 멋있는 구절이 하나 있습니다.

만고장공 일조풍월

萬古長空 一朝風月

가없는 영원, 어느 아침 문득 바람 불고 새벽달 비추인다.

언뜻 그림이 안 그려진다면 성경 창세기 첫 구절을 떠올리셔도 됩니다. 이 시구는 천지가 창조되던 그 새벽으로 우리를 데려갑니다. 그 무한의 심연과 공허. 아무도 아무것도 모습을 갖추지 않고 있는 그 새벽. 절대의 고요와 절대의 혼돈, 꽉 찬 충만함과 텅 빈 공허가 공존하는 찬란한 침묵. 그러다 문득 뜻이 있고 인연이 이어지며 어느 찰나엔가 빛이 비추이고 첫 아침이 밝고 바람이 한 줌 불어옵니다. 시간의 첫 태동을 알립니다. 이윽고 하늘과 땅이 나뉘고 물이 그 사이를 흐르며 땅을 적시어 나갑니다. 천지天地가 모습을 갖추고 바다가 자리를 잡고…… 정말 경이롭고 경이로운 신비 중의 신비입니다. 이 신비를 알아차리는 것만으로도 황홀해지는 그런 광경입니다. 영겁의 침묵을 깨뜨리는 천지창조의 순간을 시인詩人은 8자 짧은 구절로 그려 낸 것입니다. '수억 년 전인지 수십 억 년 전인지 뭐 그런 날이 있기야 했겠지'라고 여겨도 신비롭지만 그 첫 새벽이 매일매일 다시 피어나고 있음을 알아차리는 것이야말로 시인이 바라던 바일 것입니다. 과거도, 현재도, 미래도 가없는 영원 안에서는 과거일 수도, 현재일 수도, 미래일 수도 없는 그냥 시간입니다.

흔히 시간은 흐르고 공간은 고정돼 있다 여기지만 바꾸어 생각할 수도 있습니다. 시간을 거대한 공간이라 상상해 보십시오. 그 안에서 우리가 공간이라 부르고 실물이라 부르는 것들이 바람처럼 흘러가고 있습니다. 너도, 나도, 나무도, 사막도 세상 모든 것들이 옛것은 하나 남지 않고 흘러가 새것이 됩니다. 거대한 시간이라는 공간만 그것을 품은 채 변함이 없는 겁니다.

훗날 이 시구를 읽으며 여름을 예찬한 다른 노래 한 구절이 떠올랐습니다.

남들은 무더위가 싫다고 하나
나는 긴긴 여름날이 좋기만 하다
훈풍은 남쪽에서 건듯 불고
절간 기둥엔 시원한 기운

만고장공 일조풍월萬古長空 一朝風月의 신비를 깨우친 다음에야 어찌 한낮의 무더위가 짜증으로만 다가오겠습니까. 팔뚝에 와 닿는 책상의 시원한 감촉도 여름 아니면 즐길 수 없고 푸름의 신비도 여름이어서 돋보입니다.

하루하루가 그저 살기에도 딱 좋고 죽기에도 딱 좋은 날이 됩니다. 이를 알 리 없는 서양 사람들이 '불쾌지수'라는 것까지 만들어 제시하면서 오늘은 이만큼은 짜증이 나야 정상이라고 윽박지르는 나날입니다. 혹 선풍기, 에어컨 더 팔려고 만든 불쾌지수는 아니겠지만 왜 날마다 좋은 날로 가지 않고 날마다 짜증을 재는 쪽으로 가버렸는지 딱한 노릇입니다.

이 시대, 시내에 발 담그고 부채 장단에 여름을 노래하던 선인들의 옛 정취는 어디로 갔을까요? 멀리 사라진 것일까요, 아니면 내 속 깊숙이 묻히어 있는 걸까요? 멀리 간들 깊이 묻힌들 문제 될 건 없습니다. 거기나 여기나 만고장공 일조풍월 속, 부채질하면 바람 닿을 만한 곳일 겁니다.

CHAPTER 2

어깨에 손을 올리면 가슴 아파오는 이름

……

잘못된 것 일체를 시대 탓으로 돌리지 마라

가까스로 빛을 발하는 존엄尊嚴의 포기

자신의 감수성 정도는 자신이 지켜라

……

– 이바라키 노리코

가슴 아파오는 이름

추위가 매섭게 이어지던 어느 날, 후배가 안부를 묻습니다. 인사 중 한마디, "그 오버코트 아직도 입고 다니시나요?"

그제야 올 겨울에는 한 번도 꺼내 입지 않은 검은 오버코트를 떠올립니다. 겨울 채비를 하려 꺼냈다가 좀먹은 곳이 두어 군데 눈에 띄기에 늦가을 햇살 따스하던 날 베란다 창가에 걸어 두고는 아직 그대로인 걸 기억해 냈습니다.

오버코트 안 오른쪽 태그에는 '美光, TEL 975'라고 새겨져 있습니다. 까마득한 기억 속에 남아 있는 초등학교 시절의 집 전화번호는 3016번입니다. 공교롭게 그때 집 주소도 316번지여서 어린 나이에 신기하다며 머릿속에서 굴리다 보니 기억에 남아 있나 봅니다. 그러

폴 세잔, 〈앉아 있는 빅토르 쇼케의 초상〉, 1877, 콜럼버스 미술관

니 양복점 전화번호가 975번으로 세 자리라면 이 양복의 나이는 나의 초등학교 시절보다 더 거슬러 올라가야 합니다.

아버지께서 늘 입으시던 오버코트는 내가 고교를 졸업하며 물려받았습니다. 코트 안 왼쪽으로는 아버지의 이름이 새겨져 있죠. 아버지는 병을 얻어 요양 중이셨기에 이 오버코트의 무게를 감당하기 어려우셨고 가벼운 외출도 힘드셨기에 물려줄 생각을 하신 모양입니다. 친척들이나 동네 어른들도 겨울에 마주치면 "어, 그 코트~~?!" 하며 알아보는 명품 코트입니다. '빠이로 오바'라고만 불렀지 정확한 이름은 모르겠습니다. 아버지께 물려받은 건 이 오버코트와 소장하셨던 책 백여 권이 전부였으니 어쩌면 유일한 유품이라 부를 옷입니다. 그래서 떠나보내지 못하고 겨울에서 겨울로 옮겨 놓나 봅니다. 아직은 입을 만하지만 조금 작게 느껴지기 시작한 것이 몇 년 되었습니다. 고교 때나 대학 시절보다 조금 더 나갈 뿐인데 작다 싶어지는군요. 이렇게 야윈 분이셨던가 하는 생각에 어린 시절 추억을 더듬어 봅니다.

그렇군요. 앞뜰 수국水菊에 물을 주시곤 할 때 양철 물조리개의 파이프처럼 가늘었던 팔뚝이 떠오릅니다. 정말 별 추억도 없이 무덤덤한 부자지간이었습니다. 커서 우연히 손에 들게 된 독일 작가 에리히 오저의 작품 『아버지와 아들』(1934년 나치 치하에서 그려진 텍스트 없는 만화)을 읽으며 '아버지, 나는 이런 아버지가 될 거예요'라고 몇 번이고 다짐했더랬습니다.

에리히 오저의 작품에는 책 읽느라 저녁 식탁에 나타나지 않는 아들을 부르러 간 아버지가 아들 대신 책에 빠져드는 이야기도 있고, 치과 진료대에서 겁에 질려 몸부림치는 아들에게 의연한 환자의 시범을 보이겠다던 아버지가 아들보다 더 난리를 치는 장면도 있습니다. 유리창을 깨 야단을 맞고 나가 버린 아들을 찾아 헤매다 집에 돌아온 아버지, 아들이 유리창 한 장을 더 깨며 분해하고 있는 걸 발견하고는 꼬옥 안아 줍니다. 아들의 키를 해마다 재어 나무에 못을 박아 표시하기로 하지만 나무가 더 쑥쑥 자라는 통에 아들의 키는 되려 작아만 지는 에피소드도 담겨 있습니다. 아들의 방학 첫날, 아들이 자는 침대를 통째로 들어 들판에 옮겨 놓습니다. 그러고는 아침에 눈을 떠 놀라는 아들의 모습을 숨어 지켜보는 아버지…….

그렇게 되고 싶었지만, 나도 무덤덤하셨던 아버지보다 나은 아버지가 되었는지는 모르겠습니다. 거기서 거기인 듯싶군요. 아버지의 코트가 지금 아들의 체격에 딱 맞을 듯해 물려받아 입겠냐고 물었다가 시쳇말로 바로 까였습니다. 그래서 아들에게 뭘 해줄까 고민하다 미루던 소개팅을 드디어 시켜 주기로 했습니다. 게으름뱅이이던 아들도 가끔 팔굽혀펴기에 윗몸일으키기를 하는 것이 싫지는 않은 모양입니다.

머리에만 담고 있던 이야기도 실험해 보기로 했습니다. 먼저 딸의 어깨에 팔을 두르고 어깨를 툭 부딪쳐 봅니다. 아무런 느낌도 오지 않습니다. 딸이야 늘 친구처럼 장난치고 키득대며 지냈으니 당연하겠죠. 이번엔 아들 차례입니다. 어깨에 가만히 손을 올려놓습니다. 정말이군요. 가슴 한쪽이 찌릿 울리는 듯 살짝 아픈 듯 다른 느낌이 옵니다.

"아들, 어깨에 손을 올리면
가슴이 아파 오는 이름……."

그 말이 사실이었습니다. '혹시 아버지도 내 어깨에 그렇게 손을 올려놓으셨을까?' 그걸 알 수는 없지만 나만 이리 해보는 건 아닐 겁니다. 아직 해보지 않으셨다면 지금 아들에게로 가보시길.

딸과 아들에게 전하는 축지법

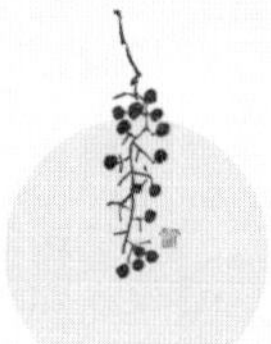

아빠의 고향은 너희도 잘 알다시피 충청도 산골이다. '충청도' 하면 말도 느리고 행동도 굼뜨다고 흔히들 말하지. 하지만 충청도 사람이라고 해서 급한 일 없고 빨리 가고 싶은 마음 없겠느냐. 그런 조급함을 속으로 갈무리하고 천천히 안전하게 움직이되 궁극적으로는 서두르는 것보다 빨리 갈 수 있다는 경험에 의한 비법이 느릿함인 거야.

그러려면 나름 비법의 요결을 터득해야 하는데 첫째 요결은 멈춰 서서 잘 살피는 것이다. 가야 할 길인지 가서는 안 될 길인지 살피기도 전에 길을 잡아 나가선 안 된다. 사람이 일생을 한눈 팔지 않고 한길에 전념했

베르트 모리조, 〈뜰에서의 수업〉, 1886, 개인 소장

다고 치자. 그러나 그 뜻이 바르지 않고 빗나간 것이라면 잘 간 것은 아니다. 그런 길은 처음에 빗나갈 때는 사소한 어긋남이었겠으나 나중에 이르러서는 진실로부터 아주 크게 빗나가고 마는 것이란다. 대학과 전공의 선택, 진로의 결정, 사랑과 결혼…… 그런 일은 무수히 많다.

얘야, 정말 주의하여야 할 것은 그런 섣부른 선택이 이념이나 신념의 모습을 하고 나타날 때이다. 예를 들어 볼까? 이 세상을 살다 보면 때로는 생명 그 이상의 가치를 지닌 고귀한 일이 있다고 사람들은 말한다. 또 생명보다 가치 있는 일이 세상에 어디 있겠느냐고도 말한다. 앞에 적은 명제는 사람들이 전쟁을 일으킬 때 구실로 삼는단다. 뒤에 것은 전쟁을 그만두고 싶을 때 핑계로 대는 것이지. 강요되고 주입된 이념에 의해 사람들은 늘 희생되기 마련이다. 그러니 잘 살펴야지. 가도 소용없고 무의미한 길이라면 가지 않는 것, 그것이 첫째가는 원칙이다.

둘째 요결은 자갈밭을 딛지 말고 진창을 건너뛰지 말라는 것이야. 자갈밭은 둥근 돌들이 깔려 있으니 발을 내딛는 순간 돌이 움직여 미끄러지기 쉽고 울퉁불퉁해 발을 상하기도 쉽다. 단단하다고 해서 어느 곳에든 좋게 쓰이는 건 아니야. 그런 자갈밭이 앞에 놓이거든 흙이 다져진 길을 찾아 돌아가거나 아주 천천히 발을 옮겨야 한다. 이 요결은 사회에서 네가 몸담을 곳을 찾는 데도 적용될 거다.

모인 사람들이 서로 자기를 앞세우고 제각각 구르는 곳은 머물지 말아라. 구성원들이 진흙처럼 자기를 작게 여겨 잘 뭉치고 다져지는 그런 곳을 찾는 것이 현명한 처신이다. 진창을 건너뛰는 것 역시 사려 깊지 못할 뿐 아니라 자만심에 빠졌다는 증거다. 어디까지가 진창인지 진창 너머엔 무엇이 놓여 있는지 알지도 못하고 몸을 띄워 날리는 것은 무모한 짓이야. 흔히 풀쩍 몸을 날리면서 용감하다고 자기를 과시하는 사람들이 있다. 그러나 용감하다는 건 앞에 일어날 일에 대한 통찰력이 없음을 가리키는 말이기도 하다. 무식하고 자신감만 넘칠 때 벌어지는 일이지. 물론 용감무쌍으로 도전해 대박을 터뜨리는 사람도 있단다. 그건 그 집안사람들 몫이라 생각하고 그 사람들에게 맡겨라. 넌 너의 길을 가면 되는 거야. 가서는 위험할 진창이라면 마르길 기다리든지 디딜 곳을 마련하든지 돌아가든지 해야지 용감한 척은 금물임을 명심해라.

마지막 요결은 산이 나오면 하루 묵었다가 넘고, 강이 나오면 건너가 묵으라는 것이다. 빨리 갈 욕심에 험한 길을 무리하는 것은 피해야 한다. 사람 사는 세상이 어찌 험한지 모를 거다. 남보다 먼저 가려고 어두운 산길을 혼자 넘으려 해서는 안 된다. 푹 자고 다음 날 사람들과 함께 올라라. 더디 가도 그렇게 함께 가는 것이 길을 가는 사람들의 도리인 거다.

강을 만났을 때는 그 반대야. 하루 묵으며 놀다 가자고 누가 어찌 붙잡더라도 뿌리치고 강을 건너라. 밤 사이에 비가 내려 물이 불어날 수도 있는데 어찌 흥청이며 밤을 보낸단 말이냐. 하루를 게을리 보낸 탓에 며칠 동안 발이 묶일 수도 있다. 욕심은 버리고 유혹은 떨쳐야 하는데 사람들은 이걸 구분하지 못한다. 이렇게 한 발자국, 한 발자국…… 하루하루를 가다 보면 누구보다 앞서갈 수 있다는 것이 충청도식 축지법이다.

걸음은 보폭이 크지 않고 느긋하더라도 단단해야 한다. 몸을 똑바로 세우고 발자국이 땅에 깊은 자국을 남기듯 꾸욱 눌러 밟으며 천천히 걸어라. 겉보기엔 답답해 보일지 모르지만 세상엔 그 이상의 축지법도 그 이하의 축지법도 없단다. 왜냐하면 그건 인간의 도리와 분수를 아는 걸음이니까!

내 인생의 첫 주례

첫 주례를 섰습니다. 신랑 신부 모두 곁에 두던 후배들입니다. 두 사람이 유독 달라붙어 다니니 때로 물어도 봤습니다.

"너희 사귀냐?"

둘은 물음이 떨어지기도 전에 아니라고 펄쩍 뛰었습니다. 그러던 녀석들이 어느 날 머리를 쥐어뜯으며 "우리가 어쩌다 이렇게 되었지……?" 하면서 결혼을 한다는 것입니다.

주례를 서기에는 나 스스로가 너무 이른 나이라 생각되어 고사를 했지만 오래전부터 농담 반 진담 반 부탁할 때 "그러 마" 하고 피식 웃어넘긴 것이 화근이 되었습니다.

첫 주례, 쉽지 않았습니다. 남 앞에 서거나 대중 앞에서 이야기하

앙리 루소, 〈시골 결혼식〉, 1905, 오랑주리 미술관

는 것이 직업이라면 직업인데 주례는 또 달랐습니다. 마치 어느 기업체에 가서 노사 양측을 앞에 두고 이야기할 때와 비슷하기도 하였지만 또 그것만도 아닙니다. 신랑 신부, 양가 부모, 부모 하객, 신랑 신부 하객…… 누구를 지칭하며 이야기를 해야 할지 애매했습니다. 신랑 신부에게 진정한 충고와 당부도 되어야겠지만 하객들이 들어도 끄덕끄덕 정도의 반응은 나와야 할 테니 뭔가 내용이 있어야 하지 않겠습니까? 거기다 적당히 재미도 있어야 할 거고. 결정적인 것은 예식장 도우미 아가씨의 강한 압박성 당부였습니다!

"제발 짧게 부탁드려요, 늦어지면 저희만 안팎으로 난처해요. 다른 순서야 줄이려 해도 줄일 수 없으니 주례 선생님만 믿겠어요."

그저 한 번 스쳐 지나가는 낯선 남자인 나를 믿어 준다니 뭐 어쩌겠습니까? 짧게 하기로 굳게 마음먹고 준비한 내용을 적당히 쳐내며 주례석에 오르기를 기다렸습니다.

단상으로 올라서자 앞에 펼쳐진 것은 블랙&화이트였습니다. 신랑 측 하객의 다수는 부모님의 지인과 친지들이었는데 시골서 과수원을 하시는 덕에 하객들은 모두 까맣게 그을린 노인들이셨습니다. 신부 측 하객들은 신부 친구, 지인들이 많았는데 방송계를 주름잡는 작가, 리포터가 주종을 이루니 화사한 처자들이었습니다.

흑백 둘로 갈라진 객석을 대하니 순서 진행은 문제가 아니나 주례사는 정말 걱정이었습니다. 서약을 받고, 성혼 선언을 하고 드디어 주례사 차례가 되었습니다. '에라, 모르겠다' 싶어 객석은 외면한 채

신랑 신부를 향해 툭 터놓고 이야기를 꺼냈습니다.

그동안 니들 땜에 닭살 돋는 거 참느라고 혼났다. 옆에 사람들 생각해 니들 그렇게 살면 안 되는 거였다. 그러나 지금부터는 닭살스럽게 살아라. 그게 너희 닭살을 참아 준 모두에게 보답하는 길이다.

신부 너 욱! 하는 성질 좀 죽여. 신랑은 부엌일이며 청소며 성심껏 거들고. 둘이 오랫동안 친구로 지내 왔으니 이야기하는데, 서로를 '너'라든가 '야'라든가 이런 식으로 부르다 들키면 혼날 줄 알아라.

친구이다, 이제는 부부라면 얼마나 깊은 인연이냐. 북아메리카 인디언들은 '친구'라는 말에 '나의 슬픔을 자기 등에 짊어지고 가는 자'라는 뜻을 담아 놓았다. 너희 둘의 우정도 그러했으니 여기에 인연으로 이르렀겠지.

운명을 함께하며 동반자가 된 사람을 옛 영어에서는 'you'라고 부르지 않고 'thee'라고 부르지. 'thee'라 부르는 것은 상대로부터 신神의 아름다움과 영광을 보았다는 뜻에서 존칭을 붙이는 것이야. 우리말로는 '당신'이 아니라 '그대'라고 번역해야겠지. 서로를 그렇게 부르며 가슴에 담으며 살아가도록.

친구로 지내기보다 부부로 지내는 게 더 어려울 거야. 힘들 때는 꾹 참고 기쁠 땐 내가 이만큼 누릴 자격이 있나 스스로를 돌아보도록.

그것이 인생을 깊이 있고 품위 있게 사는 방법이야.

식이 시작되기 전 죽어도 입술에 공식 키스를 받고 말겠다고 떼를 쓴 건 신부였습니다. 그러나 신부의 간절한 눈빛을 무시하고 주례사가 끝난 뒤 주례의 권한으로 신랑이 신부 이마에 입을 맞추도록 시켰습니다(내가 그 꼴은 못 보지). 그 뒤 신랑 신부 두 사람을 하객과 부모들 앞에 세우고 눈을 감으라 했습니다. 그리고 양가 부모님에게는 반듯하게 잘 키워 주셨다고 인사를 하고 하객들에게는 두 사람을 늘 지켜보며 도와주십사 부탁했습니다.

이제 하객들이 눈 감을 차례입니다. 누구에게 빌든 무엇에 걸고 약속을 하든 눈을 감고 두 사람의 행복을 빌고 있으라 부탁한 뒤 신랑 신부에게 눈을 뜨고 모인 사람들을 둘러보라고 시켰습니다.

여기 모인 사람 어느 누구도 그저 평범한 삶을 산 사람은 없어. 늘 힘들고 혼란스럽고 견딜 만큼 견디며 온몸으로 삶을 밀어 여기까지 온 거야. 누구의 삶이든 강하고 또한 슬프고 그래서 아름다운 것이다. 사람을 대할 때 외모나 지위를 보지 말고 그 삶의 무게를 느끼며 대하도록 해. 그렇게 사는 것이 옳다. 결혼식에 이렇게 찾아와 준 사람들을 기억하고 길손이 되어 찾아오면 따뜻한 밥 지어 대접하고 기쁘고 어려울 때는 찾아가 함께하도록.

양가 부모에게 절을 하고 축가를 들은 뒤 그들은 행진에 나섰습니다. 잘 살 것입니다. 잘 살아야 합니다. 행복하게 사는 것, 그것이 우리의 꿈이고 생명 있는 것들을 향한 하늘의 뜻이라 생각합니다.

결혼과 결혼했다!

부산에서 주례 부탁이 날아왔습니다. 부산 책임자로 있었고 후배 기자이니 거절할 명분도 없습니다. 신부와의 대면은 결혼식 2시간 전에야 급거 이뤄졌습니다. 밝고 기운차고 애교도 많고 아주 마음에 쏙 듭니다.

배우자를 바꾸려 애쓰면 결혼 생활 고달파진다.

자신이 바뀌어야 한다는 걸 잊지 말도록.

이런 노래가 있었거든……

I love you. You are perfect. Now change!

당신을 사랑해요, 당신은 정말 완벽해요,
그런데 좀 뜯어고쳐야겠어요!

사랑하고 완벽하다 하면서도 고치라고 불평하는 건데
결혼 경험 있으신 분들은 모두 아는 일일 거야.
그러나 남을 바꾸는 건 불가능해.
자신이 변하는 것은 가능하지.
먼저 자신을 바꿔, 그러면 배우자도 바뀌니까.
상대가 자신을 바꾸고자 노력한다는 것을 알게 되면
기쁘고 사랑이 더 성숙해지고
웬만한 벽은 함께 넘을 수 있게 될 거야.

두 번째로 이야기하고 싶은 것은 '손은 마음'이라는 거지.
배우자의 손을 자주 잡아 주고 어루만져 줘.
마음 내키지 않더라도 손을 잡아.
예를 들어 부부 싸움을 하거든 방으로 들어가지 말고
밖으로 함께 나가서 무작정 하염없이 걸어.
걷고 걷다가 길도 건너고 생수 한 병 사서 목도 축이고
그리고 다시 걷다 보면 손을 잡게 될 거야.
아, 생수는 한 병만 사야 한다는 거 알겠지.
손을 잡으면 그다음은 알아서 진행될 거야.
손은 마음이라고.

로렌스 알마 타데마, 〈더 이상 묻지 마세요〉, 1906, 개인 소장

결혼할 때는 자신이 '결혼과 결혼했다'고 생각해야 해.
결혼이란 것과 결혼했으니
이걸 어떻게 사랑하고 가꾸어 나가야 할까에 대해
때때로 고민하고 정성을 들여야 한다는 뜻이야.

꽃에는 정점이 있지.
활짝 피었다 지는 거 말이야.
그러나 뿌리에는 정점이라는 게 없어.
가장 연약한 부분이 가장 어둡고 거친 곳을
몸으로 부대끼며 버티고 땀 흘려야
꽃도 피고 생명이 유지되는 거야.
짝을 만나고 가정을 꾸리고
아이를 낳아 기르는 결혼 생활도 그래.
청소며 설거지며 육아에 시가, 친정 보살펴 드리기 등
즐겁고 유쾌하지만은 않은 일상이 이어진다면
그것이 뿌리의 일이라고 생각하면 돼.

일상에서 실천할 팁을 줄게.
현관을 드나들 때는 언제나 신발을 가지런히 해서
문을 향해 정렬해 놓을 것.
자신의 것은 물론이고 배우자의 신발도 그리 챙길 것.
그거 하나만 보아도 가족의 품격이 드러난다고.
그럼에도 남편 혹은 아내의 신발이 자꾸 헝클어지면
그것은 많이 힘든 거야.
남편, 아내의 신발을 어루만져 봐.
이 사람 이렇게 힘껏 살고 있구나!
그의 삶의 고단함과 생의 무게가 느껴질 거야.

가정생활에서 뿌리란 이런 것들이야.

행복하길 빌어.

결혼은 늦었지만 2세는 속전속결로!

자식을 신사, 숙녀로 가르치고 싶다면

아이들은 앞서가는 이의 뒷모습을 보고 자란다고 합니다. 아무리 엄마가 아이들을 학교로, 학원으로 데리고 다닌다 해도 딸의 롤모델은 엄마이고 아들의 롤모델은 아빠입니다. 집에서 아이들을 가르치며 남성과 여성, 부모가 힘든 일들을 분담하고 거기서 생긴 여유를 진정한 교육에 할애한다면 뭔가 돌파구를 찾을 수 있지 않을까 싶습니다. 거기에서 신사와 숙녀의 싹을 틔울 수 있습니다.

북미 아메리칸 인디언들의 이야기. 백인들에 의해 살던 땅을 빼앗기고 힘겨운 저항마저도 처절하게 제압당한 뒤 인디언들은 Indian Reservation이라 일컫는 강제수용 구역으로 내몰렸

베르트 모리조, 〈요람〉, 1872, 오르세 미술관

습니다. 헐벗은 삶 속에서도 아이들은 가르쳐야 했고, 백인들은 인디언들을 자기들에게 흡수 동화시키기 위해 인디언 아이들을 백인 학교에 가 함께 공부하도록 했습니다.

학교의 기말고사를 치를 때가 되었고 담임교사는 중요한 시험이니 잘 치러야 한다며 시험 준비를 열심히 하라고 독려했습니다.

이윽고 기말고사 날이 되어 시험지를 말아 든 교사가 교단에 올랐습니다.

"자, 모두 시험 치를 준비들 해라!"

교사가 외치자 백인 아이들은 읽던 책을 가방에 집어넣고 책걸상 간격을 벌리고 가방으로 벽을 쌓았습니다. 그러나 인디언 아이들은 달랐습니다. 모두 책걸상을 한곳으로 몰아 치우더니 가운데 생긴 빈 공간에 둥그렇게 둘러앉았습니다. 그러고는 그동안 공부한 책과 공책까지 꺼내 놓는 것이 아니겠습니까. 황당해진 교사가 이게 무슨 짓이냐고 묻자 인디언 아이들은 대답했습니다.

"저희는 이렇게 배웠습니다. 어려운 일이 닥치면 모두가 힘을 모아 풀어 나가야 한다구요."

그 시험이 인디언 아이들이 원하는 대로 치러졌는지는 모르겠습니다. 그 교실의 모습이 지금껏 전해지는 것으로 보아서는 비록 시험은 백인 아이들식으로 치러졌다 해도 교사들을 얽어매고 있던 비교육적 굴레가 허물어져 내리는 각성의 경험은 되었나 봅니다.

90년대 들어서며 간간이 소개되던 인디언의 삶의 철학과 지혜에 관한 책들이 이제는 시중에 넘쳐납니다. 문제는 거기에 적힌 것들을 우리 학교와 가정에 접목시킬 수 있는가 하는 것입니다. 인디언 사회에는 욕지거리가 없다고 합니다. 자연히 폭력도 지극히 삼갈 금기였습니다. 당시의 사회제도 수준에서는 가장 만만한 상대가 힘없는 아이와 여성이었을 것이나 결코 그렇지 않았던 것입니다. 어른들도 아이들을 마주할 때면 자신을 낮추고 조심스럽게 대하며 공동체의 일원으로 대했다고 합니다. 잠시 아메리칸 인디언들이 품었다는 삶의 지침들을 살펴보면 어느 정도 그들을 엿볼 수 있을 법합니다.

- 절대로 다른 사람을 나쁘게 말하지 말라. 그대가 우주 안에 날려 보내는 부정적인 생각은 몇 배가 되어 그대에게 돌아올 것이다.

- 다른 사람들의 말과 생각, 소망을 존중하라. 다른 사람의 생각을 가로막거나 모욕을 주거나 놀려서는 안 된다. 누구에게나 자신을 표현할 기회를 주어야 한다.

- 모든 사람이 실수를 한다. 그리고 모든 실수는 용서받을 수 있다.

- 아이들은 우리의 미래의 씨앗이다. 그들의 가슴에 사랑을 심고 지혜와 삶의 배움으로 물을 주라. 그들이 성장할 수 있도록 공간을 마련해 주라.

- 항상 진실해라. 이 우주에서는 정직이 곧 그 사람의 의지를 시험하는 길이다.

- 무엇보다도 그대 자신에게 진실해라. 먼저 자신을 돕고 성장시키지 않는다면 다른 사람도 성장시킬 수 없다.

- 길을 잃은 사람들에 대해 참을성을 가져라. 한 영혼이 길을 잃을 때 무지, 자만, 분노, 질투, 탐욕 등이 일어난다. 그들이 올바른 안내자를 발견할 수 있도록 기도하라.

- 그대 스스로 자신을 찾아 나가라. 다른 사람이 그대를 대신해 그대의 길을 정하게 하지 말라. 그것은 그대의 길이고 그대 홀로 걸어가야 하는 길이다. 다른 사람이 함께 그 길을 걸을 수는 있지만 누구도 그대를 대신해 걸을 수는 없다.

- 그대의 힘으로 얻은 것이 아니거나 그대에게 허락된 것이 아니면 그대의 것이 아니다.

- 이 대지 위에 놓인 모든 것들을 존중하라. 그것이 사람이든, 한 줄기 풀이든.

인디언들은 교육이란 가슴에서 머리로 옮겨지는 것이라고 가르칩니다. 가슴과 가슴이 이어져 있다면 진실과 평화도 이어진다고 강조합니다. 그런 가르침은 세상 모든 것들에 깃들어 있기에 어른은 아이에게서 배우고 아이들은 어른들의 지혜에서 배워야 한다고 가르칩니다. 한 줌의 물과 한 줄기 햇살에도 감사하도록 가르칩니다. 여성을 존중하도록 가르칩니다. 여성들의 역할과 책임, 권리가 얼마나 소중한 것인지를 이해하도록 가르칩니다. 그래서 그들의 이야기와 경구에는 여성적인 언어와 감성이 춤추고 있죠.

이런 인디언의 모습과 대비되는 우리의 현실은 어떠한가요? 오늘 우리의 학교와 교육제도가 신사를 키우기에 적절하다고 생각하는 학부모는 없을 겁니다. 학교는 경쟁의 전투장, 아니면 목표 달성을 위한 군사기지처럼 변했으니까요. 그리고 어른 세대와 아이들은 철저히 분리됩니다. 어른들이 이미 알고 있는 것이라면 그것은 시대에 뒤떨어진 낡은 것이고 보다 새로운 것을, 보다 먼저, 더 튀게 만들어야 한다고만 가르칩니다. 과연 어른들이 가진 것은 그런 것뿐일까요?

학부모라면 누구나 아이들이 쓴 편지를 받아 보았을 것입니다. 대부분 학교에서 교과과정 중 하나로 교사 지도하에 숙제처럼 써 내려간 것들이 아닐까 싶습니다. 그런데 그것이라도 받으면 가슴 뭉클하고 기쁘지 않던가요? 그렇다면 부모가 지도하여 교사에게 감사의 편지를 쓴 경험은 얼마나 있을까요. 할아버지와 할머니에게 고마움의 인사를 담은 편지를 쓰도록 한 적은? 인생을 살아가는 데 많은 길이 있지만, 가장 멋진 길은 참다운 인간으로 사는 것입니다(역시 인디언의 가르침 중 하나). 그것을 가르치는 데 있어 주된 학습장은 가정이고 학교는 보조적 역할을 할 뿐임을 알아야겠습니다.

첫째 문제는 가정교육이 학습 지도(시험에서의 고득점을 목표로)의 연장일 뿐 진실한 삶을 가꾸게 가르칠 여유를 못 찾는 것입니다.

둘째는 가정교육의 짐을 여성들에게 지운 채 노인은 배제되어 있고 아버지들은 외면하고 있는 것입니다.

아이들을 신사와 숙녀로 가르치고자 애쓴다면 그 과정에서 부모는 신사와 멋진 귀부인이 되는 법을 터득할 수 있을지도 모릅니다. 어느샌가 달라져 있는 자신을 발견할지도 모를 일입니다.

상처와 분노를 다스리는 법

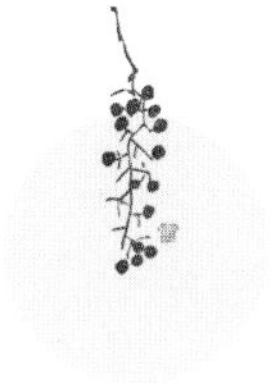

조직 생활이란 쉽지 않습니다. 나쁜 사람들도 아니고 좋은 뜻으로 하는 일과 이야기들이지만 시각의 차이가 충돌로 바뀌고 충돌을 풀다 보면 소통이 서툴러 복잡하게 꼬이기 일쑤입니다. 결국 여럿이 상처를 입죠. 회사에서 이런 소동이 있은 뒤 겨우겨우 풀어 가던 어느 날 후배로부터 문자가 날아옵니다.

화가 나는 것도 애정이 남아 있기 때문이겠죠? 징글징글해요. 웃고 있는 사람들의 얼굴이 가면처럼 느껴져요.

상처를 주더라도 감싸 안고 함께 가야지. 그렇게 함께 가면서 돕고 이끌어야 하지 않겠나. 애 키워 봤으니 알잖아?!

머리로는 아는데 가슴이 용납을 않네요. 눈조차 마주치기 싫은 몇몇이 생겨 버렸어요. 어째야 할지…….

그 가슴을 남의 탓으로 돌려서야 쓰나. 부족한 상대에게 유연함을 잃고 흔들리는 건 자기 자신이잖아. 그리고 그 나이면 자신의 감수성 정도는 자신이 지켜야지, 남 탓은 안 돼!

선배는 상처도 크다면 클 텐데 어떻게 넘기시는 거예요? 부러워라~

가르쳐 주면 따라 할 텐가?

이렇게 해서 가슴에 뻥 뚫린 구멍을 어찌 메우고 세상과 조직, 사람에게 향하는 분노를 어찌 잠재울 건지에 대한 이야기가 시작됐는데 그날의 이야기와 다 못 한 이야기를 정리해 보려 합니다.

먼저 자리를 잡고 앉아. 앉아서 뭘 하려는 건 아냐, 그냥 앉으려는 거지. 앉아! 그냥 앉기만 하면 돼. 그게 전부야. 앉아서 뭘 하는 게 아니라 앉은 채로 버티는 게 목표야. 왜 꼭 뭘 해야 한다고 자신을 옭아매는 거지? 그냥 앉는 걸로 충분해. 누우면 쉬려는 거고, 서면 뭘 하려는 것이니 스스로의 몸과 마음을 정리하려면 그 중간인 앉음을 선택하는 거야. 그거면 돼.

숨을 깊게 들이마시고 내뱉어. 여기까지야 못 할 게 없잖아. 몇 번이

카미유 피사로, 〈나뭇가지를 든 소녀〉, 1881, 오르세 미술관

고 해봐. 그러면서 점점 깊게 들이마시고 내쉬되 숨소리는 작아지도록 해봐. 그다음엔 호흡을 한 번 끝내고 정신줄 놓은 사람처럼 그냥 씨익 웃어 봐. 몇 번 반복하다 보면 슬그머니 미소 띤 채로 숨을 쉴 수 있을 거야.

다음은 절하는 거야. 오늘은 빈 허공에다 하면 되고 내일 출근해서는 동료들에게, 그러다 어느 날은 보기 싫어진 몇몇의 등 뒤에다 대고 하는 거지. 그 사람 앞에서야 어렵지 않겠어. 그러니 그냥 지나친 다음 뒤에다 대고라도 해. 아니면 멀리서라도 절을 해. 그렇게 나아가다 마주 볼 때도 마음으로 하면 되는 거지.

사람에게 상처받는 일이 가장 아프고 힘든 것이긴 해. 누군가에게 모욕을 당하기도 하고, 슬픔과 배신감에 치를 떨게 되기도 하지. 자괴감과 부끄러움이 몰려오고 더 이상 버티지 못할 거라는 절망감이 스멀스멀 피어오르기도 하고.

그럴 때 멀리서 그 사람을 보며 또는 그 사람을 떠올리며 고개를 숙여 봐. 가슴이 용납 안 해도 괜찮아. 억지로라도 고개를 숙이면 돼. 계속 숙여. 네 몸으로 네 마음을 끌고 가려는 것이니 계속 고개를 숙여.

어려워? 그러면 사람은 뒤로 미뤄 두고 자기 주변의 것들 하나하나에 절을 해봐. 어쩌면 동료를 두고 하는 것보다 더 많은 걸 얻을 수 있을 거야.

손가락으로 툭 건드리면 어김없이 밤을 밝혀 주는 전등, 언제나 거침없이 물을 내쏟는 수도꼭지, 뜨거운 물을 선물하는 샤워기. 아무 불평 없이 날 받아 주는 내 침대, 정원의 나무들, 버스 기사 아저씨, 쓰레기를 치워 가는 손길들, 내가 출근하기 전 새벽 일찌감치 사무실을 치워 주는 아주머니, 그리고 지금껏 함께해 왔고 오늘 다시 나와 함께 일할 나의 동료들, 모두가 내게 절을 받아 마땅한 사람들이고 존재들이야. 그들 모두가 각각의 지혜이고 진실이라고.

무슨 비범한 것이 지혜라고 생각하고 있다면 그 생각을 버려. 기꺼이 공손하게 절하여 진실을 받드는 것이 커다란 지혜이고 내가 자유에 이르는 길이야. 예수가 자유로웠다면 그 이유에서일 거고 붓다가 깨달았다는 것도 거기서 크게 다르지 않을걸. 아름다움 앞에서도, 두려움 앞에서도, 고통 앞에서도 우리는 겸허히 고개를 숙일 수 있어. 모욕과 배신 앞에서도 고개를 숙여 경의를 표할 수 있어. 평온한 웃음과 함께 그 웬수 같은 사람에게 고개를 숙여 보라고.

굴복시키거나 설득시키는 건 어렵지만 고개 숙이는 건 내 뜻대로고 나의 결의이니 못 할 게 없어. 얼마든지 할 수 있다고. 그리고 숙이는 고개에 조금씩 진정성을 담아 봐. 어쩌다 한 번쯤은 진정이 담길 거야. 그러다 또 한 번, 또 한 번…….

그렇게 나아가는 거야. 미움과 원망에서 해방되는 거야. 그 세계로 그를 초대하는 거야. 그러고는 웃어 보라고. 아름다울 거야.

CHAPTER 3

인생, 강하고 슬프고 아름다운 것

나이

누군가 나에게 나이를 물었지
세월 속에 희끗희끗해진 머리를 보고 난 뒤
내 이마의 주름살들을 보고 난 뒤

난 그에게 대답했지
내 나이는 한 시간이라고
사실 난 아무것도 세지 않으니까
게다가 내가 살아온 세월에 대해서는

……(중략)

나의 날들이 너무도 많지만
나는 그 짧은 순간만을 세지
왜냐하면 그 순간이 정말로 나의 모든 삶이었으니까

– 시인 이븐 하짐

거지가
한 조각 빵을
쪼개 나누는……

20대 중반 젊은 시절, 남아프리카 출신의 성공회 사제에게 방송 철학을 배울 기회가 있었습니다. 나에게 '선교Mission'가 무어라 생각하느냐 묻더니 그는 자신의 답을 내놓았습니다.

"**Mission is the begger who tells another begger where a bread is :**

선교란 배고픈 거지가 빵을 발견하고는 친구 거지에게 냅다 달려가 빵을 구했으니 함께 먹자고 하는 거야."

빈센트 반 고흐, 〈감자 먹는 사람들〉, 1885, 반 고흐 미술관

젊은 날의 기억을 떠올린 것은 며칠 전 트위터에 올라온 미국 어느 노숙인의 사연 때문이었습니다. 한 노숙인이 공원 벤치에서 밤을 새우고 일어나 길을 가다 우연히 봉투 하나를 발견했습니다. 봉투 사이로 삐져나온 지폐가 눈에 띄었습니다. 1,500달러가 들어 있는 돈 봉투였습니다. 그 노숙인은 봉투를 경찰서에 맡겼습니다.

"나야 어차피 집 없는 신세지만 그 돈이 어느 가족의 집세일지도 몰라서……."

무슨 말이 더 필요하겠습니까? 나는 그것이 기도이고 선교이리라 믿습니다. 또한 부유한 삶이라 믿습니다.

뉴욕의 대표적인 빈민가에 있는 브롱스 태프트 고교에서 영어를 가르치던 교사 조나단 레빈이 용돈이 궁했던 흑인 강도에게 살해당했습니다. 아시는 대로 그의 아버지는 세계적인 미디어 엔터테인먼트그룹 타임워너사의 회장 제럴드 레빈입니다. 아버지 회사의 매출액은 연 25조 원. 그러나 조나단 레빈은 아버지와 사이가 나쁠 때는 물론이고 훗날 화해해 끈끈한 정을 쌓을 때조차도 아버지를 찾아가 손을 내밀지 않았습니다.

"재벌 회장의 아들로서보다는 자신의 삶을 스스로 개척한 '한 인간'으로 기억되길 바란다"라는 게 그의 소신이었다고 합니다. 아버지 재산을 물려받으면 어디에 쓸 거냐고 천진하게 묻는 제자들에게 "아버지 재산은 내 돈이 아니다, 미래는 스스로의 힘으로 만드는 것"이라고 힘주어 말했다 합니다.

그는 검소하게 살며 봉급을 모아 가난한 흑인 학생들과 야구 경기를 관람하고, 책도 사주고, 때로는 레스토랑에 데려가 밥을 먹이며 "너희도 포기하지 말고 노력해 언제고 이런 레스토랑에 당당히 드나들 수 있기 바란다"며 격려했습니다. 가장 폭력적인 뒷골목 학교의 가장 따뜻한 문학교사로 살며 자신이 재벌 회장의 아들임을 공개한 건 죽기 몇 주 전이었고 결국 그것이 화근이 되어 혹시 집을 뒤지면 돈다발이 나오지나 않을까 궁리한 철없는 제자에게 희생되고 말았습니다.

그의 장례식에서 실신하는 학생들이 속출하여 앰뷸런스가 학생들을 병원으로 실어 날랐고, 어떤 학생은 벽을 치며 울다 손가락이 부러져 병원으로 실려 갔습니다. 아버지 제럴드 레빈 회장은 주변 사람들에게 늘 자랑했다고 합니다.

"내 아들이 하는 일은 내가 하는 일보다 몇백 배 소중한 일이야."

가장 자본주의에 충실한 미국에도 흔하지는 않지만, 부자로 흥청거리기만 하거나 부자로 살다 죽겠다고 버티는 것은 부끄러운 일이라는 묘한 노블레스 오블리주 정신이 존재합니다. 조나단 레빈은 그걸 넘어서서 사회의 그늘 속에 자신을 묻은 경우라 하겠죠.

아예 반기를 든 사람도 있습니다. 세계적인 아이스크림 체인인 배스킨라빈스의 창업주 어빈 라빈스의 외아들이자 유일한 상속자 존 라빈스는 아이스크림 등 유제품과 인스턴트식품, 육식의 폐해를 고발하는 환경운동가로 나섰습니다. 캘리포니아 주의 한적한 곳에 2층

짜리 통나무집을 짓고 아들 내외, 손자들과 함께 삽니다. 유기농 채소를 가꾸고 태양열로 전기를 끌어 쓰지요.

그가 집필한 『육식 건강을 망치고 세상을 망친다』, 『음식혁명』, 『100세 혁명』은 환경운동 진영의 필독서죠. 그는 건강과 부유함은 오히려 반비례한다고 경고합니다. 부유하면 기름진 음식을 과식하게 되니 건강을 해치기 쉽다는 것입니다. 건강하지 못하면 오래 산다는 게 재앙이 된다며 건강한 식습관과 운동, 열정을 다할 수 있는 일을 가지라고 권합니다. 이처럼 부모의 재물에 기대기보다 자기의 삶을 개척하며 왜 그리 사느냐는 물음에 흔들림 없는 눈빛으로 답하는 이 사람들의 모습이 참으로 흐뭇합니다.

그러나 삶에 대해 깨닫긴 했는데 너무 늦어 버린 경우도 있습니다. 1988년 미국 대통령 선거 당시 공화당의 최고 전략가로 명성과 부귀를 움켜쥔 리 애트워터. 인생의 정점에 올라섰다고 여겨지던 그때 뇌종양 판정을 받고 서른아홉에 세상을 떠났습니다.

"나는 대다수 사람들보다 더 많은 부와 권력과 명성을 얻었다. 그러나 원하는 것을 다 가져도 공허감을 어쩔 수 없다. 미국 사회 심장부엔 영적 진공이 자리 잡고 있다. 영혼의 종양이다."

존 드 그라프는 자신의 책 『어플루엔자Affluenza』에서 '부자병'을 언급합니다. 막대한 재산을 상속받은 이에게 생기는 권태감, 무력감, 죄책감을 수반한 증후군으로 과다 소비나 과대한 성취로 자기 존재를 드러내고 확인하려는 탐욕성을 보인다고 합니다.

한국 사회에서는 소비와 성취에 하나를 더 얹게 되는데 바로 '폭력'입니다. 재벌 2세인 그룹 회장이 가죽 장갑을 끼고 부하들을 몰고가 폭행을 저지르고, 재벌 2세가 야구방망이로 노동자를 두들겨 패고 매값이라며 돈을 뿌려 사회를 놀라게 했죠. 부유병은 더 큰 소비, 더 과중한 업무, 더 강렬한 자극을 불러일으키며 삶을 피폐하게 만들 수 있습니다. 그래서 생겨난 사람들이 있습니다. YAWNS – Young And Wealthy but Normals : 젊고 부자지만 평범하게 사는 사람들, '욘족'입니다.

그래서일까요? 서양에서 전해진 '소유는 근심이고 소박한 삶은 은총'이라는 가르침이 자본이 모든 권력의 우위에 선 지금까지도 사라지지 않고 이어지고 있습니다.

미국의 경우 부유병을 벗어나 물질적인 하향 이동을 선택한 사람들의 86%가 더 행복해졌다고 답했다 합니다. 물론 그것은 그만한 여유가 있는 사람들의 얘기일지 모릅니다. 병이라도 좋으니 한 번만이라도 넉넉해 봤으면 좋겠다며 하루하루를 있는 힘껏 뛰어야 하는 사람들에게는 너무 먼 이야기이지만 여기서의 주제는 아니니 접어 두죠.

많이 가진 자가 적당히 만족하고 멈춤으로써 다수의 사람들이 최소한의 것들을 마련할 수 있다는 것과 그것이 가진 자들을 행복과 명예로운 삶으로 이끌어 줄 것이라는 이야기를 하려는 것입니다. 땀 흘리지 않고 재산을 쌓게 된 젊은 부자들에게 얼마나 부서지기 쉬운 삶인지 이야기하고 싶은 겁니다.

그리고 부자들 앞에서 움츠러들고 자괴감을 느끼며 부서지기 쉬운 판타지에 빠져드는 사람들이 있다면 그분들께는 자긍심을 잃지 마시라 이야기하고 싶군요. 우리의 그늘이 그들의 환각보다 훨씬 더 소중하고 훌륭하니까요.

난
무엇을
부끄러워 했던가

내가 기자 노릇을 하며 마주친 이런저런 상황 중에 나를 새로 태어나게 했다고 할 만한 사건이라면 둘을 꼽을 수 있는데 그중 하나가 되겠습니다.

80년대 중반의 어느 겨울입니다. 나름대로 꽤 가상한 기사를 쓰고 현실 비판적인 방송 프로그램을 만든다고 주위에서 한두 번 칭찬을 들은 일로 우쭐해하던 철없는 시절……. 신촌역 부근 분식집에서 언 발을 녹이며 만둣국을 시켜 먹고 있었습니다(그 분식집에서 가장 비싼 메뉴……).

'치…… 민완기자면 뭐해, 허름한 분식집에 쭈그리고 앉아 멀건

만둣국이나 들이켜고 제기랄…….'

시장통 막일하는 사람들과 엉켜 맛없는 만둣국으로 끼니를 때워야 하는 가난한 기자 생활이 지겨웠고 자존심도 상했던 것이죠.

그때 분식집보다 몇 배는 더 허름한 차림새의 예순 조금 넘어 뵈는 리어카 채소 장수 할아버지가 들어와 가게에 채소 약간을 들여놓고선 라면을 시켰습니다. 그 할아버지가 라면을 다 먹어 갈 즈음 또 다른 야채 행상 할아버지가 들어왔습니다. 두 양반은 안면이 있는 모양입니다.

"어서 와, 내가 한 발 빨랐구먼. 진즉 오지 그랬어."

"……괜찮어, 반주 한잔하나 보네."

"응~ 쐬주 같이 혀~."

"그럴까? 좋지 뭐……."

"뭐래도 시켜야지, 뭘 할텨?"

"아녀, 라면 국물이 저렇게나 남았는데 무슨 안주를……."

같은 채소 행상이기에 그럭저럭 안면을 텄을 뿐, 친구도 아닌 두 노인이 식은 라면 국물을 마치 막 끓여 낸 찌개라도 되는 양 앞에 놓고 소주잔을 주거니 받거니 하는 모습을 보며 나는 자리에서 일어서야 했습니다.

'난 무엇을 부끄러워했던가? 저분들이 느낄 삶의 무게에 비한다면 나의 부끄러움은 그 얼마나 유치하고 호사스러운 것인가……. 만둣국이 부끄럽다는 것인가, 만둣국이나 먹어야 하는 내 자신이 부끄럽다는 것인가? 삼계탕이면 자긍심이 살고 만둣국이면 죽는다는 말인가? 탕과 국에 죽고 사는 자긍심이고 자존심이라면 그깟 자존심, 자긍심이 무슨 가치가 있단 말인가?! 그 꼬라지에 무슨 세상을 밝히는 뭐가 되겠다고…….'

어찌나 부끄러운지……. 얄팍한 내 자신이 어찌나 미운지……. 침을 뱉고 싶었습니다.

그 후로 인간이 뭐 나아진 것도 없습니다만, 노조위원장을 하면서 기능직의 처우 개선이나 승진제도 신설에 유난히 집착했던 것도 아마 그래서일 것이고 후배들의 어려운 살림이 안쓰러워 신경이 쓰이는 것도 따지고 보면 그런 연유일 것입니다. '정의와 진리…… 어쩌구보다 살아 있는 것들이 행복해야 해. 걱정 없이 따뜻하게 먹고 자야 해. 그게 옳은 일이야…….' 이렇게 굳게 믿게 된 것도 그렇고요.

설거지를 하려다 말고 남은 밥과 반찬 쓸어 넣고 비벼 먹거나, 기자건 경영진이 되었건 시내버스, 마을버스 타고 다니며 남의 눈 의식하지 않는 것 또한 그 덕분입니다.

특히나 어려운 회사 살림에 버스비도 못 되는 취재비로 고참 노릇을 하느라 늘 빈 주머니로 살던 시절, 주말이면 아무 예식장에나 들어가 하객 행세하며 한 끼 때우고, 타사 기자들 점심 먹으러 갈 때 다른 약속 있다며 슬그머니 빵집으로 가 우유와 빵 하나로 때우면서도 때로 빙긋도 웃고 씨익 웃기도 할 수 있었던 것은 정말이지 이때의 참회 때문이었습니다.

장 프랑수아 밀레, 〈만종〉, 1859, 루브르 박물관

어쩌면 그때 그 두 할아버지가 제 목을 꺾어 주지 않으셨다면 지금의 제 모습은 참으로 꼴불견이었을 겁니다.

아직 계신가요? 두 분을 만났던 그 분식집은 여대생들 옷 가게로, 신발 가게로 바뀌고 바뀌어 흔적도 없지만 가슴속에 새겨 두었던 그 모습을 여기 이렇게 한 줄 글로 남기며 고맙다는, 정말 고맙다는 인사를 드립니다.

"언제까지고 따뜻한 식사하시길 빌게요."

희망이란,
본디
이런 것

희망이란 뭘까? 희망이 뭔지는 모르겠습니다. 어쩌면 문제는 희망이 각자에게 무엇이든 그것이 있느냐 없느냐가 더 중요하니까요. 루쉰은 이렇게 설파했습니다.

"희망이란 있다고도 할 수 없고 없다고도 할 수 없다. 그것은 마치 땅 위의 길과 같은 것이다. 본래 땅 위에는 길이 없었다. 걸어가는 사람이 많아지면 그것이 곧 길이 되는 것이다."

늘 수긍하게 되는 웅변이지만 오늘에 이르러 새로 발견하는 대목이 있습니다. "걸어가는 사람이 많아지면……"이라는 구절의 해석입니다. 나는 이 구절에 오랜 기간 많은 사람이 지나가면 길이 되겠지만 여럿이 어깨를 겯고 함께 나아가면 길은 더 빨리 생겨난다는 이치도 담겨 있다고 생각합니다.

울산의 약간 외진 곳에 둥지를 튼 적이 있습니다. 한 다리 건너 알게 된 지인이 내준 조그만 방 하나에 몸을 의탁했고 그곳이 사무실을 겸했으니 둥지랄 것도 없겠습니다. 개인적으로 아무런 연고가 없는 곳이고 회사로서도 미개척지에 처음 직원을 파견해 사전 답사를 하는 것이어서 처음엔 사무실도 동료도 없는 가련한 신세였습니다. 무엇보다 아침 신문이 없어 답답했습니다. 결국 아침 일찍 버스로 댓 정거장 떨어진 호텔라운지까지 가 신문을 읽기로 했습니다. 무인 가판대에 여러 신문이 두루 비치돼 있으니 나름 좋은 방안입니다.

아침에 길을 나서 걷다 보면 중공업 단지에서 일하는 출근길의 노동자들과 마주칩니다. 다들 오토바이를 이용해 출근하는데 골목골목을 빠져나온 오토바이 대열이 정문 어귀에 이르면 커다란 몇 줄기 강물처럼 커집니다. 그들의 머리에 얹힌 오토바이 헬멧의 군집을 멀리서 보면 유채꽃과 꼬마 장미꽃이 뒤섞인 꽃 무더기 같습니다. 이때쯤 공장에서는 노동조합의 선전 홍보 방송과 노래가 울려 퍼집니다. 내용은 모르겠으나 도발적인 음성과 익숙한 노랫가락에 몸이 조건반사를 일으킵니다. 심장이 조금씩 뜨거워지고 박동도 커지는 걸 느낍니다. 이제 노동자들의 오토바이 무리는 공장을 향한 마지막 내리막길에 들어섭니다.

내리막길 끄트머리에는 노점상 아주머니들이 이들의 오토바이 행렬을 기다립니다. 오토바이를 탄 노동자가 속도를 늦추고 호주머

요하네스 얀 페르메이르, 〈우유 따르는 하녀〉, 1658~1661, 암스테르담 국립박물관

니에서 돈을 꺼내 던지듯 내밀면 그들의 손에는 검은 비닐봉지에 담긴 담배, 껌 등이 쥐어집니다. 노점상 아주머니는 학교 운동회 이어달리기에 나선 선수처럼 오토바이 위의 노동자에게서 한 손으로 돈 받고 다른 손으로는 물건과 거스름돈을 건네주며 바삐 손을 놀립니다.

토스트 아주머니도 바쁩니다. 아침 끼니를 해결 않고 골목을 내려오던 노동자들이 잠시 멈춰 선 채 토스트에 우유 하나로 아침을 때웁니다. 포장마차를 에워싼 노동자들을 상대로 아주머니는 토스트 부치랴 돈 받으랴 거스름돈 주랴 정신이 없습니다.

그 풍경을 며칠 지켜보다 알아차린 건 흰 우유를 마시는 사람은 별로 없다는 사실입니다. 다들 바나나 우유나 두유를 마십니다. 급하고 초라한 아침 식사에서 업그레이드할 수 있는 건 그나마 우유뿐입니다. 몸이 재산인 노동자들은 흰 우유에 100원, 200원을 얹은 오늘 아침의 투자가 자기 몸을 조금이라도 더 버티게 해줄 거라고, 소박하고 안쓰러운 희망을 걸고 있나 봅니다. 아주머니 뒤에서 쌓여 가는 두유병과 바나나 우유팩은 희망이란 속살을 내어놓기 위해 벗겨진 귤껍질처럼 아침 햇살을 받아 노랗게 빛납니다.

아직은 내 차례가 아닙니다. 출근길 빠듯한 그들의 시간입니다. 바쁜 포장마차를 물끄러미 바라보다 마저 길을 걸어 호텔로 갑니다. 로비의 무인 가판대에서 아침 신문을 사 들고 다시 포장마차로 오면 한숨 돌린 아주머니는 허연 얼굴의 말도 없고 표정 복잡한 서울 손님을 위해 철판 위에 식빵을 올립니다. 나도 흰 우유 말고 두유를 달라고 합니다.

"두유로 주세요(저도 노동자예요)."

"뵈통짜리로 드릴까에, 땅 걸로 할까에?"

"싱거운 걸루요."

먼지를 털어 가며 읽는 신문에는 1면 머리기사로 '경제 비상, 휴업과 폐업 속출!' …… 이런 아우성이 실려 있었습니다. 지금 다시 그 자리에 기대어 아침 신문을 읽는다면 어떤 소식들이 펼쳐질까요? 답을 내기란 결코 어렵지 않습니다. '조선업, 내리막길', '구조조정 불가피', '해고 사유와 절차 둘러싸고 노사 갈등' …… 뭐 보나마나 그런 소식들이 올라들 갈 겁니다. 어쩌면 아침마다 달려 내려가 토스트를 받아들고 담배 봉지를 낚아채던 시절이 더 그리울지도 모릅니다. 흙수저, 동수저로 태어나 자식들만이라도 흙수저, 동수저를 면하게 해보려고 몸부림쳤던 그 사람들은 이제 '빚수저'를 빨며 속절없이 담배만 태우고 있을지도 모릅니다. 이럴 때면 우루과이 소설가 에두아르도 갈레아노의 한 구절이 생각납니다.

"그곳 사람들은 희망이 달보다 멀었다.
달은 보이기라도 하니까……."

그때 흰 우유에 100원, 200원 얹은 두유와 바나나 우유로 아침의 희망을 열었듯이 더 팍팍해진 오늘의 이 땅을 살아가는 삶들도 무엇에든 기대고 무엇이든 찾아 움켜쥐며 또 희망을 찾아 나서고 있을 거라 생각합니다. 그들의 뜻이 하나로 모이면 희망은 더욱 커질 것이고요.

희망은 있어.
어차피 희망이란
희망이 없는 사람들을 위해
존재하는 거니까.

마음, 마음 하니까

요즘이야 여기저기서 눈에 띄지만, 경상도 남쪽에만 있던 음식이 돼지국밥입니다. 돼지국밥이란 그저 곰탕이라 생각하시면 될 듯합니다. 쇠고기를 쉽게 구할 수 없는 처지에서 돼지고기와 뼈로 곰탕을 끓여 내고 밥 말아 준 것이 돼지국밥이 되었다고 합니다. 쇠고기도 1등급에 플러스 등급을 따져 먹는 시대이지만 예전에야 돼지고기든 쇠고기든 고기 국밥이면 그게 어딥니까?

발을 들여놓은 동네 돼지국밥 집에는 9시가 좀 넘었지만 이미 손님은 끊겼고 쉰을 훨씬 넘겼을 동네 아주머니와 젊은 아낙 몇이서 담요를 깔아 놓고 고스톱에 흥겹습니다. 다 늦은 시간에 술도 아니고 국밥 한 그릇을 청하는 동네에 새로 나타난 뜨내기 남정네가 그래도 은근히 반가운 모양입니다. 그녀들의 고스톱 판은 멋쩍어지긴커녕 갑자기 활기가 더해집니다. 판돈은 지폐도 아니고 동전도 아니고 번데기 과자입니다. 저 과자로 계산해 나중에 소주를 살지 삼겹살을 낼지는 몰라도 옆에서 뒹구는 주인집 손녀딸은 널름널름 과자를 입에 집어넣곤 합니다. 텔레비전 9시 뉴스에선 뻔하고 도움 안 되는 정쟁에 바쁜 정치인들 얼굴이 오락가락하고 세상 어지러운 이야기들이 이어지지만 누구도 눈길을 주지 않습니다. 따스한 어둠이 담요 주변을 감싸고 그 어둠 속에서 고스톱은 복잡한 세상을 웃어 버리며 계속됩니다. 마치 '소오강호笑傲江湖'의 한 장면 같지 않습니까? 강호에서 세파와 파당에 시달리던 협객들이 칼을 던져두고 금을 타며 노래를 부르는…….

그리 바라보니 하늘의 별을 세듯 아무 욕심 없이 화투장을 오가는 눈들이 저리 곱기만 하군요. 별 하나에 사랑과 화투 한 장에 시름, 별 하나에 희망과 화투 한 장에 달관, 윤동주 시인처럼 나는 아무 걱정도 없이 이 밤 속의 별들을 다 셀 듯하고. 저 아낙들은 짓누르던 삶의 무게를 시원스레 벗어던질 듯합니다. 텔레비전에서 친박이 육두품제로 나뉘고, 늘 보던 인물이 당을 바꾸고 디지털과 스마트가 세상을 어떻게 바꾸든 이곳의 삶은 이곳대로 계속됩니다.

'저리 사는 삶은 어떤 의미가 있는 걸까?' 돼지국밥을 앞에 놓고 상념에 빠져듭니다. 젓가락은 새우젓 종지를 하릴없이 들고 나며 헛질만 합니다. 젓가락에 찍히다 짜증 난 새우젓 종지의 새우가 픽 웃으며 한마디 던집니다.

"남 이야기할 게 아니라 너처럼 사는 건 무슨 이유가 있는가, 그거나 물으셔. 아무튼 주제 파악의 순서를 몰라요……."

그러고 보니 새벽에 눈을 뜨면 뉴욕 증시를 살피고, 르몽드지 번역 사이트를 찾아 유럽 소식을 훑고, 북한 공산당 서열을 외우고, 자유무역협정에 쌀농사를 걱정하는가 하면 원전 사업부터 게임 산업에 연예인 몸값까지 파악하며 사는 짝퉁 지식인의 삶은 어떤 의미가 있는지 답을 구해 본 적도 없군요.

우리는 누군가에게, 어느 집단에, 이 사회에 얼마만큼 쓸모가 있는가로 자신의 존재 의미를 확인하며 살았습니다. 그리하도록 배워 왔습니다. 멀리 거슬러 올라가면 왕에게, 영주에게, 주인에게 쓸모가 있는 것이 우리의 가치였겠죠. 하다못해 왕도, 영주도 없어진 현대에 이르러선 신神에게, 역사에게, 민주주의에게 가치 있어야 한다며 늘 무언가를 위해 일하고 뛰도록 틀에 갇혀 왔습니다. 이젠 남녀 간 사랑에라도 몸을 바치라고 텔레비전 드라마들이 그럴싸하니 떠밉니다. 그렇습니다. 난 조국과 민족의 무궁한 영광을 위해 민족중흥의 역사적 사명을 띠고……까지는 아니더라도 몸담은 조직의 영광을 위해 뛰면 그게 곧 조국과 민족까지 이어지리란 기대를 전제로 땀 흘려 왔습니다. 재벌이 돈 벌면 서민에게까지 흘러넘치는 게 트리클 다운 효과라 하던데 그에 빗대어 말하자면 열정의 트리클 업 효과를 믿으며 산 셈입니다.

그러나 사실 그렇게 사는 건 사람뿐입니다. 어느 장미꽃이 나는 누군가를 위해, 열매를 맺기 위해 희생한다고 하겠습니까? 공중을 날며 난 누구를 위해 비행하고 있다 하는 새를 보셨나요? 하늘은? 달은? 저 별은 시인과 소설가와 우주인들을 위해 빛난단 말입니까? 아, 하나님이 계시군요. 별과 달은 모두 하나님을 위해 빛나는 거라고 우리는 우주의 행성들까지 몰아붙입니다. 그러고 보니 나는 기독교인으로 분류되는 관계로 이런 말 하면 안 되는 처지인 걸 깜박했네요. 그러나 오늘은 따져 물어야겠습니다.

질문을 밤하늘을 향해 던집니다. 인간의 존재 이유는 왜 꼭 인간 밖에 있어야 하는 건가요. 왜, 왜……. 바람도 없이, 목표도 없이, 존재의 이유에 대한 확신도 없이…… 그렇게 살면 그것은 산 것이 아닌가요? 살았다고 할 수 없는 건가요? 하지만 꼭 아니라 할 근거도 없지 않나요?

사람을 피해 산골로 들어가신 스승을 찾아뵈러 물어물어 길 떠났던 젊은 시절, 스승께서는 출타하셨고 허름한 토담방이만이 나를 맞았던 적이 있습니다. 돌아오시기를 기다리며 여기저기 눈길을 두던 중 벽에 적어 놓으신 낙서 한 구절을 발견했습니다.

별과 별 사이 어둠을 보다

모두가 별을 세고, 모두가 목표를 따지고, 모두가 존재의 이유를 찾는데 별과 별 사이의 어둠을 본다면 무엇을 보는 걸까요? 이유가

빈센트 반 고흐, 〈별이 빛나는 밤에〉, 1889, 뉴욕 현대 미술관

아니라 존재를 보며 살면 어떻게 사는 것일까요?

'왜 나는 무언가를 경험해 확실한 지식으로 체득하기 훨씬 전부터 그런 질문을 하면 안 되고 이런 식으로 믿고 살아야 하는 사람으로 규정되어 있는 것일까? 살아 있으니 듣고 보고 느끼는 존재이고 감각을 토대로 사유가 이어져 생각의 뼈대가 이뤄져야 하는데, 왜 엄청난 생각의 뼈대가 미리 심어지고 그에 맞춰 질문과 느낌을 할 것 못 할 것 가리며 배워 가는 것일까? 그래서 들뢰즈는 신체로서의 주체가 사유로서의 주체보다 선행해야 한다고 설명한 것일까……?'

그러고 보니 중국 선불교의 일화에 나 같은 땡중이 등장합니다. 온갖 선부른 질문과 답을 늘어놓자 조사께서 답을 주시는데 땡중의 머리통을 후려치며 묻습니다.

"아프냐?"

"아픕니다."

"세상이 모두 공空이고 너와 내가 따로 없다면서 아파하는 놈은 누구란 말이냐?"

與祖佛不別(여조불불별)이여 : 조사나 부처로 더불어 다르지 아니하다.

祇麼不信(지마불신)하고 : 다만 그것을 믿지 못하니,

便向外求(변향외구)로다 : 자꾸 밖을 향해서 구한다.

莫錯(막착) : 착각하지 말지라.

向外無法(향외무법)이요 : 밖을 향해 봤자 법이 따로 없다.

內亦不可得(내역불가득)이라 : 안으로도 또한 가히 얻을 길이 없다.

'마음, 마음 하니까, 밖이 아니고 안에 있는 줄로 아느냐. 안에도 없느니……'라는 말씀입니다. 그래도 악착같이 붙들고 늘어져 보니 답은 이미 주어진 그대로일 듯합니다. 나름의 사족을 붙인다면 안에도 밖에도 없다는 말은 뒤집어 생각하면 안에도 있고 밖에서도 찾을 수 있어 온 우주에 가득 찼다는 걸 의미하지 않을까요? 나에게, 너에게, 모든 이웃에게, 마주치는 사물들에, 바람에, 꽃에…… 그래서 밥 먹고 물 마셨으면 그걸로 진리는 다 찾은 거라고 선사는 이야기했나 봅니다.

너나 잘난 척하지 마

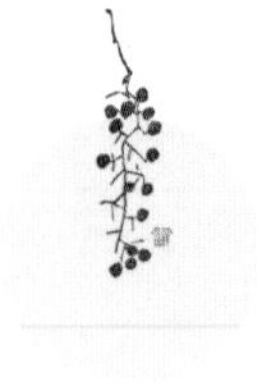

울산에서 부산으로 자리를 옮겼습니다. 이곳 역시 사무실 근처 여관에 장기 투숙객으로 등록한 나그네 생활입니다. 여관이면 러브호텔 아니냐고요? 맞습니다. 러브호텔로 꾸미긴 했는데 러브에 빠진 연인들은 코빼기도 안 보이고 사랑에 목마른 나그네들만 몇 명 둥지를 틀고 삽니다. 때로 건설 현장에 일감을 구한 뜨내기 노동자들도 장기 투숙객으로 몸을 기대곤 합니다. 그리고 간간이, 단칸방에 할머니부터 아들, 손주에 이르기까지 온 가족이 구겨지듯 모여 사는 가난한 집의 부부들이 찾아와 자기들만의 시간을 마치 훔쳐 쓰듯 잠시 머물고 갑니다.

부산 서면 근처의 이 동네는 기찻길을 경계로 하여 건너편에는 특급 호텔과 백화점, 멀티플렉스 영화관이 화사한 빛을 발합니다. 그러나 이쪽 편은 고무, 가죽, 염색 등 사양산업에 기대어 사는 영세한 가내 수공업 밀집 지대입니다. 그러니 러브호텔이 그 모양이죠. 사양산업인 데다 경기마저 없는 요즘, 이곳은 문 닫은 공장, 문 열고 쉬는 공장, 떠날 곳 없어 떠나지 못하는 사람들로 가득 차 있습니다. 집 안에 기계 몇 점 들여놓고 서너 사람이 기름때에 절은 속옷 차림으로 일하는, 공장이라고 부를 것도 없는 공장이지만 기계 돌아가는 소리라도 요란스레 들리면 지나다니는 길손의 마음이 조금은 가벼우련만…….

서울 곳곳에 지긋지긋하게도 많은 24시간 편의점도 이 동네엔 없습니다. 대형 마트도, 편의점 체인마저도 가난하다고 외면해 버린 동네인 셈입니다. 그 덕에 구멍가게들이 흔들림 없이 제자리를 지키고 있습니다. 여관으로 들어서는 오르막 골목길 초입엔 할머니 혼자 꾸리는 구멍가게가 하나 있습니다. 처음에는 가게인 줄 몰랐고 나중엔 가게가 아닌 줄도 몰랐던 구멍가게입니다. 문 열어 채소와 반찬거리 몇 가지 내어 늘어놓으면 가게요, 앉았던 그 자리에서 문 걸고 누우면 할머니의 안방이 되는 한 평 남짓한 가게입니다. 아니, 집입니다.

어느 날 판자 조각으로 덧댄 그 가게 담벼락에 포고문이 나붙었습니다. 그냥 두어도 연탄 창고처럼 보이는 할머니 집 앞에 야속하게도 누가 밤새 몰래 쓰레기를 버리는 모양입니다. 이 무법한 불법 투기자에게 할머니는 문법을 넘어선 포고문 한 장을 내걸었습니다.

쓰레기를 갖다 놓는 사람은 잡으면
갈기갈기 지져지기고 십다
작기만 하면

이렇게 아프도록 가슴을 조여 오는 글을 본 적이 있는가 모르겠습니다. 두 번째 줄을 읽기까지는 할머니의 메마른 분노가 가슴에 꽂히듯 와 박히며 섬뜩했습니다. 갈기갈기는 쓰레기 투기꾼에게가 아니라 도대체 뭐 하나 도와주지 않는 세상을 향해 던지는 할머니의 분노같이 여겨집니다. "이놈의 세상, 지금 사는 것도 사는 것이 아닌데 이젠 이렇게까지 업신여긴단 말이냐?"라는 핏발 선 고함처럼, 통곡처럼 들렸습니다. 뭉크의 판화 '절규'가 보이는 듯했습니다.

그러나 세 번째 줄은 아예 나를 무너뜨리더군요. '작기만 하면…… 작기만 하면…… 작기만 하면……' 어떻게 잡는단 말입니까? 허리 굽은 할머니의 앙상한 손에 잡힐, 그 손으로 잡아 누를 수 있는 게 세상에 얼마나 된단 말입니까! '지기고 십다'와 '작기만 하면'의 사이엔 닿고자 닿고자 해도 이를 수 없을 만큼의 간극이 벌어져 있는 듯 보입니다.

아무것도 할 수 없고 바꿀 수 없었던 할머니의 절망과 체념이 '지기고 십다'까지 쓰고는 무의식중에 '작기만 하면'을 한숨처럼 덧붙였으리라는 엉뚱하지만은 않은 생각이 스쳐 지나갑니다. 분노보다 무서운 절망이, 맺힌 한보다도 무거운 체념이 헝클어진 글자들 틈에서 나를 노려봅니다. "너나 잘난 척 말고 꺼져 버려라"라고 내뱉듯 소

에드바르 뭉크, 〈절규〉, 1893, 오슬로 뭉크 미술관

리칩니다. 나는 그 기세에 눌려 얼른 시선을 피하며 고개를 슬그머니 철길 너머로 돌립니다. '작기만 하면'의 실현 가능성이란 할머니가 달동네에서 철길 너머 저 화사한 불빛의 동네로 옮겨 갈 가능성과 마찬가지일 거라는 생각이 텁텁한 흙바람처럼 머리를 어지럽히며 지나갑니다.

그런 묘비명을 읽은 기억이 납니다. 영국의 시인 예이츠의 무덤은 아일랜드 북서쪽에 있는 항구도시 슬라이고의 벤 불벤 산자락 드럼클리프 교회에 자리하고 있습니다. 예이츠 무덤의 묘비는 근처 채석장에서 구한 석회석으로 만들었는데, 거기엔 그가 직접 준비한 묘비명이 이렇게 새겨져 있습니다.

삶과 죽음에
차가운 시선을 던져라.
말 탄 자여, 지나가라!

이 구절은 예이츠 자신의 시 '불벤 산기슭에서'의 마지막 3행인데 예이츠가 묘비명으로 선택해 준비했다고 합니다. 화려했던 삶을 끝낸 대시인의 무덤을 보았으니 말을 타고 가면서라도 삶과 죽음에 대해 성찰하라는 뜻일까요? 그리 뻔한 의미로 묘비명을 삼진 않았을 겁니다. 차라리 말에서 내리지조차 않고 거들먹거리는 자가 무슨 삶과 죽음에 대해 사고할 자격이 있냐는 쪽이 아닐까 합니다.

말 위에 올라타 세상을 내려 보는 자, 말을 타고 부지런을 떨며 목표를 좇아 달리는 자에겐 삶과 죽음 모두를 차갑게 가라앉은 시선으로 응시하며 그 둘 사이 어디쯤 놓인 인생의 진실을 성찰할 여지는 없다는 것이겠지요. 삶과 죽음을 동시에 차갑게 응시할 그 시선은 더 깨어지고 더 추락하고 더 핏빛 눈물을 흘려야 얻을 수 있을 테니 말 타고 무덤 앞에 멈춘 자라면 내리지도 말고 그냥 지나가라는 예이츠.

아마 할머니의 글에서 날아온 단단한 돌멩이 같은 질타도 그것인가 봅니다. '지기고 싶다'라는 불같은 분노와 '작기만 하면'이라는 얼어붙은 체념. 그 무게가 나를 떠밀어 내듯이…….

사람으로 산다는 건

운동을 하며 도장 마룻바닥을 너무 세게 굴러 댄 탓인지 왼쪽 발바닥에 통증이 오기 시작했습니다. 굳은살이 두터운 발바닥이 아픈 걸 보니 안으로 염증이 생겼거나 자잘한 골절이 누적된 모양입니다. 골관절염, 관절주위염, 건염, 건초염, 건주위염, 족근골 골절…… 선불리 아는 척 고민할 일이 아니라 병원에 가 의사에게 고민을 떠넘기면 될 일입니다. 도심에서 용하다 소문난 외과나 정형외과를 찾다가 우연히 숙소가 있는 달동네 어귀에 꽤 큼직한 병원이 있는 것을 발견했습니다.

병원에 들어서니 널찍한 병원 대기실에 할머니들로 붐빕니다. 선뜻 정리가 되지 않습니다. 몸빼바지 입고 머리에 수건 두른 할머니들이 동네 시장보다 병원에 더 많은 건 무슨 이유일까요? 병원에서 서

비스로 돌리는 미숫가루를 한 잔씩 받아들고 할머니들과 젊은(?) 남정네의 팔자타령이 오고 갑니다.

너무 아프답니다. 정말이지 너무너무 아프다고 합니다. 손가락 마디마디가 바늘로 찌르듯 아프고, 무릎은 움직일 때마다 뼈와 뼈가 소리를 내며 부스러지듯 아프고, 허리를 펴려면 펴는 건지 꺾는 건지 분간할 수 없을 만큼 아프답니다. 뼈만 그런 게 아니고, 온 몸뚱아리가 욱신욱신 쑤시고 머리는 깨질 듯하답니다. 발바닥 통증으로 운동하는 데 불편해 병원을 찾았다는 이야기는 그 자리에서는 황당한 이유밖에는 안 될 듯싶어 꺼내지도 못했습니다. 잠시 할머니들의 넋두리와 탄식이 잦아들고, 한숨 돌릴 겸 주위를 돌아보니 이 병원의 내력을 알 만했습니다. 매직펜으로 쓴 커다란 안내문이 눈에 띕니다.

손발 저림, 신경통 주사 ☞ **2천5백 원**
어지럼증 혈액순환 주사 ☞ **8천 원**
몸살 주사 ☞ **천 원**
영양 수액제 ☞ **1만 원 ~ 3만 원**
무릎 연골 치료 ☞ **2달**(보험됩니다)

애 키우고 집안일 해치우고 거기에 평생을 험한 일로 채우며 쉴 짬도 없이 70년, 80년을 버티었으니 온몸의 뼈며 관절이며 몸뚱이에 성한 곳이라고는 남아 있지 않게 된 겁니다. 또한 가슴이 미어지는 것은 천 원짜리 몸살 주사를 찌르고 일어나 갈 곳이 등 따신 방이 아

대 피터르 브뤼헐, 〈네덜란드 속담〉, 1559, 베를린 국립 회화관

니라는 겁니다. 손발 저리다고 주사 한 대 맞고 나면 그 손발은 잠시 쉴 수 있는 게 아닌 것이 모두의 사정입니다. 어지럼증 없어지라고 주사를 놓고 나면 그 몸은 다시 머리가 어질어질하도록 공사판, 시장 바닥을 정신없이 누벼야 합니다. 주삿바늘을 찌르고 찔러 더 꽂을 자리가 없다 한들 할머니들의 나날은 달라지지 않습니다. 늘 그렇게 목구멍은 포도청이고 일터와 병원을 쳇바퀴 돌듯 돌아야 하는 것이 숙명입니다.

우리는 머릿속에 아픈 기억들을 많이도 담고 있습니다. 때로 그 아팠던 기억을 떠올리며 슬퍼하고 상념에 잠기기도 합니다. 그런데 누가 그러더군요. 머리가 기억하는 것도 있지만 몸도 기억을 한다고요. 뼈와 근육과 관절이 아팠던 상처의 고통과 기억들을 그대로 간직하고 있다 합니다. 그래서 실제로 가슴이나 온몸을 한참 떨다 보면 그 고통과 상처의 기억이 되살아나면서 사람들은 하나씩 둘씩 울기 시작한답니다. 꺼이꺼이 통곡을 하는 사람도 있다 하니 놀라운 일입니다.

병원에 모여 미숫가루를 나눈 그 할머니들에게 몸을 떨어 보라고 했다면, 몸으로 맘껏 울어들 보시라 했다면 얼마큼의 눈물이 흘렀을까요? 슈베르트의 가곡 '홍수'의 '……흐르는 눈물 눈 위에 떨어져 녹아 흐르다가 그대 집 앞 이르러 홍수되리라' 구절처럼 아마 그렇게 강이 하나 새로 흘렀을 겁니다. 그래야 그 눈물들을 담아내지 않겠습니까?

세상 보는 법을 새로이 하나 더 배웠습니다. 요즘 세상 사는 게 쉽지 않아 여러 계층, 여러 집단의 사람들이 주먹을 쥐고 흔들며 몸으로 온갖 구호들을 외칩니다. 깃발과 피켓을 마구 흔들며 우리가 이토록 절박하게 살고 있다고 소리칩니다. 나는 깃발과 피켓에 적힌 내용보다 그들이 몸을 떨고 흔들 때 쏟아져 나올 눈물을 가늠해 봅니다. 그 어느 쪽에서 뼈와 살에 사무친 눈물이 흐르는지 들여다봅니다. 그 눈물이 몸을 떨고 흔들어 나온 눈물인지 손으로 찍어 맛을 봅니다. 눈물이라고 모두 눈물 맛이 나진 않으니까요.

최근 화제가 된 눈물이 생각납니다. 미국의 버락 오바마 대통령이 2016년 1월 초 백악관 이스트룸에서 눈물을 쏟았습니다. 총기 규제 행정명령을 발동한다는 내용의 연설을 하는 도중이었습니다. 그 자리에는 총기 난사 사건으로 숨진 코네티컷 주 뉴타운 초등학교 학생들의 가족들이 참석해 있었고 오바마 대통령은 아이들 이야기를 하다가 뺨에 흘러내리는 눈물을 그냥 손으로 닦았습니다. "그렇게 숨져 간 초등학교 1학년생 20명을 생각하면 미칠 지경"이라고 말하면서는 목이 잠겼습니다.

박근혜 대통령도 세월호 참사로 대국민 담화를 발표하면서 눈물을 흘린 걸 기억합니다. 떨리는 목소리로 담화문을 읽어 내려가다 "어린 동생에게 구명조끼를 입혀 탈출시키고 실종된 고故 권혁규 군……"이라는 대목에서 눈시울이 붉어졌고 말을 쉽게 잇지 못했습니다.

그런 대목에서 누군들 울컥하지 않을 수 있겠으며 목이 메지 않겠습니까? 글을 쓰는 지금도 눈시울이 붉어지는데 당연히 누구라도 울었을 겁니다. 그러나 그 눈물의 진득함은 어떨까요? 나는 지금도 그 눈물을 몸에서 짜낸 눈물이라 여기지 않습니다. 박 대통령은 세월호 참사가 난 지 한 달이나 지난 다음에야 국민 앞에 섰고 눈물의 대국민 성명을 마친 몇 시간 뒤에는 아랍에미리트에 순방을 간다며 비행기에 올랐습니다. 세월호 참사 시각에 어디서 뭘 했는지는 프라이버시로 덮여 있고, 유가족들의 눈물은 자국 대통령이 아니라 멀리 바티칸의 수장인 프란체스코 교황이 닦아 줬습니다.

그리고 일본의 전쟁 성노예로 끌려가 고초를 겪은 할머니들의 문제를 굴욕적 협상으로 타결한 이후부터는 통곡을 한들 쉽게 믿지 못하게 됐습니다. 전쟁범죄의 피해자가 다시는 피해에 대한 이야기를 거론할 수 없다는 '최종적 불가역적 해결' 선언은 박근혜 정부에 대한 피도 눈물도 없는 정권이라는 판단을 '최종적 불가역적 결론'으로 못 박고 말았습니다. 혹여 그들은 이런 비판에 대해 과거에 사로잡힌 딱한 생각이라며 혀를 찰지 모르지만 나에게 이 정부는 공포와 경악입니다. 언제나 비극은 끔찍하리만큼 크되 슬픔은 놀랄 만큼 짧습니다. 총칼과 속임수로 끌고 가 성노예로 삼은 범죄를, 바다에 생매장된 목숨들을 빨리 잊으라는 권력이 어찌 공포와 경악이 아닐 수 있습니까?

고통과 슬픔이란 그런 것입니다. 파블로 네루다의 시 '점'의 '고통보다 넓은 공간은 없고 피 흘리는 그 고통에 견줄 만한 우주는 없다'는 한 구절처럼 크고도 질은 것입니다. 긴 세월에 묻혀도 뼈와 살 속에 남아 몸을 흔들면 뿜어져 나오는 것입니다. 평생 뼛속에 채운 고통을 주사 한 방으로 완치시킨다고 떠벌리는 기만이나 여러분의 고통을 잘 알고 있다며 외교적 협상과 정치적 수식으로 때워 넘기는 기만이나 나로선 전혀 달라 보이지 않습니다.

사람으로 산다는 건
사람들 속을 누비는 것입니다.
그들의 슬픔과 고통에 할 수 있는 한 가까이 다가가
공명해 울리는 것입니다.
지도자가 되려면 더 많은 사람들 속을
더 속속들이 누비며 울어야 합니다.
그래야 합니다.

CHAPTER 4

나는 이렇게 듣고 배웠다

바쁜 오늘이니까
오히려 나는 천천히 걷는다
가을 햇살이 내려앉는
소리를 들을 수 있도록…….

– 야마오 센세이

공부가 가장 어렵고 즐겁다

욕하면서 보는 텔레비전 프로그램을 막장 드라마라고 합니다. 책 중에도 사람들이 황당하고 얄미워 투덜거리면서 어쩔 수 없이 사 읽는 책이 있습니다. 그런 책을 한 권 꼽아 보라 한다면 『공부가 가장 쉬웠어요』라는 책이 아닐까 싶군요.

학부모와 학생, 그리고 지난 학창 시절에 뭔지 모를 아쉬움이 남는 중년에게도 이 책의 제목은 도발적이면서도 끌림이 있습니다. 책의 내용은 접어 두고 제목만 이야기해 보겠습니다. 이 책은 고학생으로서 가난과 역경을 딛고 서울대에 수석 입학한 젊은 변호사의 수기입니다. '어려운 환경임에도 서울대 수석 입학을 할 정도면 정말 공부가 쉬웠나 보다. 정말 공부가 그렇게 쉬웠을까?' 궁금했습니다.

김홍도, 〈단원풍속도첩 중 서당〉, 18세기, 국립중앙박물관

공부란 뭘까? 공부工夫는 중국 발음으로 '쿵푸'입니다. 쿵푸를 흔히 무술을 가리키는 것으로 여기지만 무술武術의 총칭은 '우슈'이고 쿵푸는 지식과 심신 수양에 대한 총칭입니다. 조금은 본질적인 이야기를 해볼까 합니다.

기자로서 얻어들은 바에 따르면 주인공의 사연은 책의 제목과 거리가 있습니다. 주인공은 우수한 성적과 어려운 가정 형편이 화제가 되어 신문사의 취재 인터뷰에 응하게 되자 자신의 여정을 이야기하면서 "공부가 가장 재밌더라"라고 말했을 뿐입니다. 이걸 "공부가 가장 쉬웠어요"라는 막말이자 망언 수준의 제목으로 눈갑시킨 건 언론이었습니다(본인은 오히려 전혀 쉽지 않았다고 이 제목을 사양했으나 어디 언론이 애원한다고 들어주는 집단이던가요?). 주인공은 중장비 조수, 가스통 배달부, 골프장 조경 인부, 신문 배달원, 택시 기사 등을 거치며 어머니와 동생을 부양했고 재수에 재수를 더하며 결국 5수 끝에 서울대 인문사회 계열에 수석 입학했습니다. 이쯤 되면 노동하는 짬짬이 책을 꺼내든 10분, 20분의 공부 시간이 얼마나 즐겁고 짜릿했을까 짐작할 수 있는 일입니다.

결국 공부는 '사람 되는 공부'를 의미하는 것입니다. 몸의 수련과 지식 수양이 어떻게 해서 구분되지 않고 '공부'라는 하나의 단어 안에 뭉뚱그려지는지 살펴볼 필요가 있습니다. 불교나 유교의 공부는 지식을 머릿속에 담는 것이 아니라 몸에 새겨 넣는 방식입니다. 그릇으로서의 몸이 갖춰져야 지식도 올바르게 쌓아 갈 수 있다는 가르침입니다. 자세를 바르게 하고, 집중해 졸지 않으며, 앉고 일어서고 걷는 것에 먹고 씻는 것까지 모두가 몸 만드는 공부에 해당하고 마음 만드는 공부에 포함됩니다.

나는 동유학회 소속으로 금곡 선생께 사서를 배워 왔습니다. 선생께서는 서당에서 공부의 시작은 문을 열고 들어서서 신발을 벗어 가지런히 놓는 것부터라 가르치십니다. 그리고 공손히 인사하는 것이 그다음입니다. 서당에서 가장 공손하고 겸양을 갖춰 인사하는 사람은 다름 아니라 선생님이십니다. 까마득한 차이의 젊은 사람이라도 남녀, 신분의 구별 없이 정말 깍듯이 인사하시고 존대하시는 걸 봅니다. 겸양의 덕을 갖추셨으니 그런 것이지만 한편으로는 늘 자신을 채찍질하여 실수나 방심, 자만을 경계하고 바른 삶을 이어 가려는 결의가 그 안에 담겨 있음을 발견합니다. 나이나 지위에 상관없이 공부를 쉬지 않고 이어 가시는 선생의 모습입니다. 그렇게 배우셨고 실천하는데 몸에 새겨져 있지 않으면 어려운 일입니다.

『논어』의 학이學而 편에는 '나이 어린 사람은 집에 와서는 효도하고 밖에 나가서는 공손해야 한다, 신중히 행동하고 믿음직스러워야 한다, 이웃들을 두루 아끼고 어진 사람을 가까이해야 한다, 이렇게 하고 남는 힘이 있으면 글을 배우라'라고 가르칩니다. 요즘의 우리야 글만 가르치려 들고, 글을 배운 사람은 지식을 쌓았으니 사람다워지리라 기대하죠. 그러나 그릇이 작고 새면 지식을 집어넣어도 곧 넘치고 새어 나갈 건 뻔한 일입니다.

서양의 종은 안쪽을 두드려 소리를 냅니다. 동양의 종은 바깥을 두드려 소리를 냅니다. 이처럼 마음의 밖인 몸을 수양하고 바로 하는 것이 곧 내면세계를 다듬어 가는 공부이기도 합니다. 오늘날 실천할 만한 몸 공부라면 바르게 앉고 걷고, 집에 들어오고 나갈 때 신발을 가지런히 하고, 천천히 꼭꼭 씹어 먹고 자기 그릇 정도는 스스로 치우고 닦는 것 정도면 충분할 겁니다. 그러나 아이들에게 이걸 가르치자면 부모가 먼저 부단히 노력해야 하죠.

동양에서는 책만 읽어 공부하는 것이 아니라 글씨와 말씨까지도 공부에 해당합니다. 그 사람의 품격이 글씨로 나타나지만 글쓰기로 그 사람의 품격을 다듬어 가기도 하는 것입니다. 살면서 어른으로 모신 분들은 글씨나 사군자는 물론 대금과 가야금 등의 기예技藝를 몸에 익히신 분들이었습니다. 그 발뒤꿈치도 쫓아가지 못함은 늘 부끄럽고 속상한 일입니다. 멀리로는 공자도 칼을 차고 다니며 칼로써 흐트러지는 자신을 경계했고 여러 교양을 강조했다 합니다. 『논어』의 태백泰伯 편에는 이런 가르침도 있습니다.

> 시詩로써 일어나고 예禮로써 똑바로 서며
> 음악音樂으로 완성된다.

고대 중국에서는 군자가 배워야 할 교양 덕목을 6가지로 일컬어 '6예'라 하였습니다. 예禮 · 악樂 · 사射 · 어御 · 서書 · 수數, 즉 예용(禮容, 예의바른 태도와 차림새), 음악, 궁술, 마술馬術, 서도書道, 수학을 익히도록 한 것입니다.

나도 최근에 시간을 내어 한글 쓰기를 다시 연습했습니다. 글자 하나를 씀에는 일정한 공간을 나누어 배분하고 다음 획을 배려해 양보하고 붓이나 펜의 움직임을 위해 힘을 주기도 하지만 힘을 자제하기도 하는 나눔과 연대의 철학이 들어 있습니다. 잠깐 들여다보시렵니까?

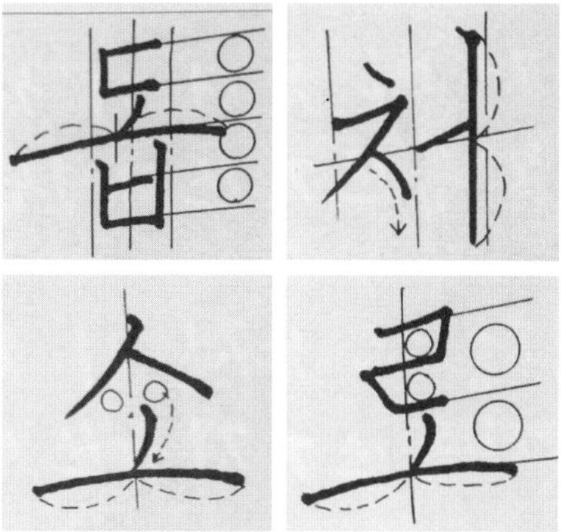

그다음은 책 읽기입니다. 책 읽기는 사고의 근육과 내공을 키우는 정말 중요한 공부입니다만 내가 짧으니 일러 드릴 만한 것이 마땅치 않습니다. 물론 직업상 다양한 분야를 접해야 하니 책에 관심도 많고 민감합니다. 그러나 책을 꼼꼼히 읽기에는 시간도 없고 귀찮으니 꾀도 부립니다. 대형 서점에 나가 읽어야 할 책들을 고른 뒤 책을 집어 들고 머리글과 목차, 결론과 후기만 읽고 다음 책으로 옮겨 가는 방식입니다. 사실 상당수의 책은 그걸로 충분합니다. 목차를 읽다 중요하다 여겨지는 항목이 있으면 그것만 펼쳐 읽기도 합니다. 목차를 꼼꼼히 읽는 것은 짧은 시간에 여러 지식을 체계적으로 이해하는 데 큰 도움이 됩니다. 또 이야기를 논리적으로 전개하는 다양한 패턴을 익힐 수 있어 글쓰기에 큰 도움이 되었습니다. 이런 식이면 매주 신간 서적 십여 권 이상을 훑어볼 수 있으니 지식의 습득은 그렇게 편법으로 간간이 이어 가고 있습니다.

결국 사람의 공부, 사람 공부는 초심初心입니다. 나도 어느새 노년으로 다가서고 있습니다. 노년은 지혜롭고 쉴 수 있는 줄 알았는데 가까이서 보니 아닌 듯합니다. 나이를 먹어 간다는 것은 인정하되 더 성숙해지려 노력하지 않고 더 배우고 이해하려 마음을 열지 않으면 그건 늙는 것이 아니라 '늙어 버리는 것'이 됨을 알았습니다. 사람들의 속마음을 들여다보니 늙어 버리고 있는 사람의 나이는 존중의 대상도 되지 못하고 존경심을 자아내지도 못했습니다.

'늙은, 오래된'의 독일어 형용사는 'alt'입니다. 어원을 따져 거슬러 오르면 '키우다'라는 의미의 'alere'가 있고, '높다'라는 의미의 'altus'가 등장합니다. 그래서 독일어 '늙다'의 어원은 '자라다, 위로 끌어올리다, 영양을 공급하다'라는 말에서 비롯되었다고 합니다. 젊음을 최상의 가치로 여기는 시대에 젊음을 따라가고 흉내 내느라 노년의 삶이 바쁘기도 한 요즘입니다. 근육을 키우고 힙합이나 브레이크 댄스, 랩을 익힌 노인들이 텔레비전에 자랑스러이 비춰지기도 합니다. 울퉁불퉁한 근육을 키우고 젊은이들의 춤을 배우고 스마트폰으로 요리조리 재주도 펼 줄 알면 요긴하긴 하겠지만 역시 노년은 '높이'와 '깊이', '품어 안기'에서 그 가치를 찾을 수 있습니다. 그것이 세대를 이어 가며 나이 든 사람이 세상에 펼쳐야 할 책임이자 과제이기도 할 겁니다. 그래서 사람 공부는 평생을 이어 갈 일입니다.

중국 춘추시대에 진나라 군주로 평공이라는 사람이 있었습니다. 그는 앞을 보지 못하는 악사 사광을 거느리고 있었습니다. 어느 날 평공이 "내 나이 이제 70, 공부를 하려 해도 이미 저문 듯하구나" 하니 사광이 "촛불을 켜고 하시면 될 것 아닙니까"라고 질책성 발언을 내놓았습니다. 평공이 언짢아하자 사광은 "젊어서 공부를 좋아함은 떠오르는 해와 같고, 장년에 공부를 좋아함은 중천에 뜬 해 같으며, 늙어서 공부를 좋아함은 저녁에 촛불을 밝히는 것과 같다고 했습니다. 촛불을 밝히고 길을 가는 것과 캄캄한 길을 불 없이 걸어가는 것이 어찌 같겠습니까?"라고 답합니다.

훗날 이 교훈을 일러 '병촉지명炳燭之明, 저녁에 밝히는 촛불의 빛'이라 적고 늙어서도 배우기를 좋아함을 가리킬 때 씁니다. 그러나 병촉지명은 그 안에 또 다른 오의가 담긴 듯합니다. 인생과 운명의 질은 아름다움과 오묘한 그림자는 아침이나 대낮의 환히 밝은 빛으로는 제대로 보이지 않습니다. 어스름한 저녁 무렵 흔들리는 작은 불빛에 비추어야 비로소 드러납니다. 병촉지명은 흐린 듯하나 중심에 가닿는 깊은 지식과 지혜를 의미하는 것이기도 합니다. 이렇게 늙는 걸 나이가 들어도 늙지 않는다고 표현하든 제대로 늙는다고 하든 인생의 어느 단계에서건 공부를 멈출 수 없음을 받아들여야겠습니다.

어른들이 일러 주시던 말이 이제야 생각납니다.

사람은 배움을 통해서 늙는 것이지
그저 나이 먹는 걸로 늙으면 안 되는 법이야!

들꽃에도 정중正中이 있다

가끔 '어떻게 공부하느냐, 어떻게 공부를 시키느냐'라는 주제로 강연에 나서곤 합니다. 사실 나는 학창 시절, 학업에는 열의가 없었습니다. 그 덕에 우리 부부, 아들딸에 사위까지 포함해 가족 중에서 내가 가장 가방끈이 짧습니다. 그래도 대학은 나왔으니 사士자 돌림입니다. 문학사 신분으로 대학 강의에, 대학원 강의도 하고 학자들 앞에서 발표할 기회도 가지면서 조금은 멋쩍고 가방끈 짧은 것이 아쉬울 때도 있지만 '이깟 소심한 감수성이라니……' 하며 그냥 털어 버립니다.

그래도 나에게 지식으로 먹고사는 비결을 기어이 구하는 사람도 있는데 별건 없습니다. 그저 책을 많이 읽죠. 어느 저자에게 꽂히면 그의 책은 모조리 구해 여러 번 되풀이해 읽습니다. 몇몇은 소중히 보관하며 평생 읽습니다. 이러면 기독교인이니까 성경책을 끼고 살겠구나 하시는 분들도 있겠지만 과연 그럴까요? 그건 노코멘트입니다.

옛날 어느 스승이 제자에게 물었답니다.

"성경책을 몇 번 읽었냐?"

"엄청 여러 번 읽었습니다."

"그럼 성경책은 너를 몇 번 읽었을까?"

타고난 성질 머리 탓인지 정작 나는 붓과 악기가 아닌 검도와 태극권 같은 무술로 사람 공부에 접근해 갔습니다. 처음에야 남을 이기려는 욕심에 몸과 마음이 휘둘려 엉망이었지만 이내 나만의 방식으로 무술 안에서 사람 공부를 찾으러 나섰습니다. 무도武道에 관한 책이라면 국내의 저술, 일본 · 중국 번역서 가릴 것 없이 섭렵하다 보니 고수들도 책을 못 구하면 내게 연락할 정도가 되었고 비디오테이프도 쌓여 갔습니다.

무도를 좇는 과정은 지금 돌이켜 봐도 '공부가 가장 즐거웠다'라는 표현이 딱 들어맞는 듯합니다. 무도의 진면목을 찾기 위한 궁구는 어느새 평소 짬짬이 들여다보던 불교의 선禪의 세계와 이어졌고 다시 춤의 세계로, 음악으로, 글씨로 나의 관심을 이끌었습니다. 그것들 안에는 가락과 리듬과 템포가 있었고 한결같이 정중동靜中動, 동중정의 이치와 미학을 담고 있었습니다. 무엇보다 마음의 세계가 있었습니다.

검도에서 가르치는 바 '칼은 눈이고, 눈은 마음'입니다. 그리고 '마음은 눈이고 눈은 다시 칼'이었습니다. 모든 게 칼이고 모든 게 마음이었습니다. 그래서 검도 수련의 시작은 매듭을 묶는 것부터임을 알았습니다. 상의의 안쪽 고름, 바깥 고름, 하의, 호구와 호면에 달린 끈과 머릿수건까지 묶어 나갈 때, 손을 움직여 묶지만 마음으로 묶어 나가는 법부터 다시 익혀야 했습니다. 그러노라면 어느 날인가는 문득 끈을 묶는 것만으로도 적멸의 세계로 빠져들고 얼마나 황홀했던지…….

상대를 존중하며 예를 갖추고, 격렬하게 부딪치는 것도 깨뜨리는 것이 아니라 뜨겁게 어울리는 것임을 알게 되고, 내가 이기려 했던 상대는 멋진 승부가 쌓여 가면서 고맙고 소중한 사람들로 다가왔습니다. 마음이 있는 곳에 사람이 있었고 사람의 길이 있었습니다.

사람들은 무술을 수련했다 하면 이소룡이나 이연걸처럼 맨손으로 다수를 제압하고 젓가락으로도 검술을 펼쳐 몇 명 정도는 가볍게 물리친다는 판타지를 떠올리지만 그건 아닙니다. 검법이나 권법을 배우러 도장에 가는 사람에게 내가 충고하는 말은 '도장에서 첫날 배운 것이 그 무술의 처음이자 끝임을 잊지 말라'는 것입니다. 기초가 궁극에 이르면 최상의 절예絕藝가 되는 것입니다. 검도는 바른 자세로 칼을 똑바로 들어 올려 똑바로 내려치는 것이 시작이고 전부입니다. 아무리 현란한 검법이라 한들 그 궁극의 단순함이 갖는 위력과 아름다움을 따라가지 못합니다.

태극권을 십 년, 이십 년 수련해도 노사老師께 가르침을 받을 때 지적받는 한 가지는 입신중정立身中正, 미려중정尾閭中正…… 결국 중정中正, 몸에서 불필요한 힘을 빼고 바로 세우는 것입니다.

검도에서도 마찬가지로 중정을 최선의 가치로 가르칩니다. 몸의 중정뿐 아니라 칼에도 중정이 있어 나의 중심축과 상대의 중심축을 잇는 가상의 정중선이 있습니다. 정중선을 지키고 빼앗는 것에서 승부가 가려지기에 고수들의 멈춘 듯 보이는 교착 상태는 치열한 정중선의 싸움이기도 합니다.

그렇게 항상 몸의 중정을 유지하며 그것을 축으로 하여 몸을 돌리고 기울이고 몸에 맞춰 팔다리를 휘두르는 것이 무술이고 힘을 최대한 효과적으로 운용하고 공수의 균형을 잡는 것이 곧 무술의 요체입니다. 골프를 즐기시는 분이라면 세계 최고의 프로 골퍼가 멋진 스윙을 가르쳐 달라는 부탁을 받았을 때 "아무것도 필요 없고 그저 머리를 더 처박으면 된다"고 답했다는 에피소드를 바로 이해하실 겁니다. 엉덩이를 빼 치켜들고 머리를 고정해 공에 집중할 때 이뤄지는 것이 바로 중정입니다.

또한 간과할 수 없는 것이 몸의 중정을 가능케 하는 마음의 중정입니다. 정중선은 물론 고착된 것이 아니라 겨루는 상대가 있으니 가변적인 것입니다. 상대와 겨루자면 불안하고 두렵고 상대의 수가 의심스럽고 상대의 견제에 놀라기도 하지만 그것들을 순간순간 떨쳐내는 것이 마음의 중정입니다. 상대의 칼날 밑에서건, 주먹 앞에서건 손발과 다리는 바빠져도 마음은 질주하면 안 되는 것이죠. 자신의 내적 고요함이 중정으로 세워져 있지 않으면 손발도 어지럽고 반응속도도 느려집니다. 몸과 마음의 중정이 합치될수록 상대의 동작이 눈에 빤히 보이고 느리게 보여 허점이 드러납니다. 흔히 동체시력이라고 부르는 것이 이런 것일 겁니다.

정중은 우리의 일상에도 그대로 적용됩니다. 마음은 허둥대고, 주변의 시선과 허언에 휘둘리고, 정신없이 퍼먹고, 권태로움에 재미를 좇고, 시간과 사람을 허투루 대한다면 자신의 정중을 다시 생각해 볼 일입니다. 정중은 종교에서는 더욱 심각한 문제입니다. 불교의 좌선도 정중이고, 팔정도八正道도 정중의 확장입니다. 올바로 보며, 올바로 생각하고, 올바로 말하고, 올바로 행동하는 것, 올바로 목숨을 유지하고, 올바르게 부지런히 노력하며, 올바로 기억하고, 올바로 마음을 안정하는 것이 팔정도입니다.

기독교의 신학에도 정중은 있습니다. 복잡한 이야기는 빼고 스승이신 관옥 이현주 목사가 던진 한마디가 그것을 설명할 수 있을지 모르겠습니다.

"하나님을 배우는데 미국에 가야 하는 이유는 뭔가?"

미국에는 미국 신학을 배우러 가는 것이고 독일에는 독일 신학을 배우러 가는 것이겠죠. 그러나 하나님을 배우려면 자기 자리에서 이웃과 자연을 더 들여다보는 것만으로도 공부하기가 벅찹니다. 널리 시야를 넓히고 학문을 더 익히는 건 권장할 일이지만 종교는 지식 너머의 문제이며 나를 넘어서는 문제입니다. 자신과 이웃을 돌아보는 사람 공부에는 소홀한 채, 학업과 학위로 인정받고 사람을 가르치고 영적으로 이끈다는 건 썩 믿음이 가지 않습니다. 순수한 학구열을 벗어난 명예와 지위를 좇는 학업보다는 자기 자리에서 중심을 잡고 신과 이웃의 징검다리 역할을 하는 것이 신학자의 신학이고 목회자의 사역일 겁니다. 그래서 나는 신학자나 목회자를 만나면 교회는 공간이 아니라 시간이라고 누누이 강조합니다. 그것은 마치 강이 공간이 아니라 시간인 것과 마찬가지입니다. 강은 오랜 세월 그 땅에 젖어든 물이 순리를 따라 움직이면서 빚어지는 시간의 결과입니다.

교회 역시 어느 마을에서 그곳 사람들과 울고 웃고 고락을 나누며 함께한 시간이 켜켜이 쌓여 이뤄지는 것입니다. 그것이 교회의 공부입니다. 가톨릭 수도자의 전통에는 정주定住라는 원칙이 있습니다. 한마디 경구로 표현하자면 '들꽃은 햇볕을 좇아 자리를 옮기지 않는다'는 것이 정주定住입니다. 어느 곳에 교회가 자리 잡았다면 그 마을의 사람들은 목숨을 다해 돌보라고 하나님이 맡긴 것이고 그 민족과 민족의 역사까지도 정의롭도록 책임을 지는 것이 교회가 중심을 바로 지키는 일입니다. 어찌 목사와 교회가 자신의 이웃과 마을을 버리고 이익과 안녕을 좇아 떠날 수 있는지, 자신의 사람들보다 교권과 세속의 위세에 욕심을 내는지 안타깝습니다.

들꽃에게도 정중正中과 정주定住가 있습니다.

클로드 모네, 〈아르장퇴유 부근의 개양귀비꽃〉, 1873, 오르세 미술관

몸을 믿고 몸으로 답을 찾아야

새해가 되면서 주위의 후배나 지인들이 보내오는 메시지는 회색빛을 띤 게 많습니다. 늘 실패하는 연애에 대해, 도대체 뭘 어쩌며 살아야 하는지에 대해서 등……. 산다는 것과 나이를 먹어 간다는 것의 의미를 따지다 보니 자연스레 글의 색깔이 그리되는 모양입니다.

'우리는 어디서 와서 어디로 가는가?'라는 질문에 확실한 답이 있다면 얼마나 좋겠습니까? 그렇다면 그다음 문제부터는 뭔가 가닥이 잡힐 듯한데 말입니다. 세존은 이런 질문을 묻는 어떤 이에게 명쾌하지 않은 명쾌한(?) 답을 줍니다. 누군가가 화살에 맞아 죽어 가는데 이 화살은 어디서 왔으며 무엇으로 만들었고 쏜 사람은 누군데 어디

장 오노레 프라고나르, 〈책 읽는 소녀〉, 1773~1776, 워싱턴 내셔널 갤러리

서 와 어디로 사라졌을까 묻는다면 그게 제대로 된 질문이며 진정 답이 필요한 것이겠냐고 답합니다.

그렇게 따진다면 햄릿이 읊조린 '사느냐 죽느냐 그것이 문제로다'는 오늘을 사는 우리에겐 올바른 질문이 아닙니다.

'신나고 즐거우냐, 그렇지 못 하냐' 바로 이것이 문제라고 보는 게 훨씬 더 인간적이라고 여겨집니다. 때로 인간적이라는 말을 남용하다 보면 엉뚱한 결과를 낳기에 기독교계에서는 세속적으로 생각하지 말고 하나님 안에서 생각하라고 말하기도 합니다. 글쎄요, 인간이 인간 아닌 신적으로 사고를 하려니 참 어렵기 그지없는 일입니다. 철없던 시절엔 하나님은 이러신다고 자신 있게 소리도 치고 했지만 나날이 고개만 수그리며 말문이 막혀 갑니다.

어떤 동네에서 이웃해 사는 두 사람이 마구 싸웠답니다. 감나무 뿌리는 이쪽 집에 있는데 가지가 저쪽 집에 휘어져 들어가 감이 되려 그쪽 집에 잔뜩 떨어진 것이죠. 존경받는 마을 목사님께 판결을 내려 달라 요청했더니 목사님은 "인간적으로 판결을 내릴까요? 하나님 식으로 할까요?" 되물었고 두 사람이 "당연히 하나님 식으로 하셔야겠죠. 넵~"라고 대답하자 목사님은 한참 동안 감을 발로 마구 차고 집어던지고 했습니다. 그러더니 왈, "자, 동쪽으로 간 건 이 집 거, 서쪽으로 간 건 저 집 거" 했답니다. 어디를 기준으로 동과 서를 구분하냐고요? 그거야 당연히 하나님 계신 데가 기준이죠. 넵.

어떤 후배가 '우울'이 깊을 대로 깊어 뭘 어쩌면 좋겠냐고 물어왔습니다. 나는 춤을 춰 보라고 했습니다. 의자에 앉아 머리를 쥐어뜯어선 풀 수 없는 것이 삶이어서 그랬습니다. 골치 아프게 고민만 했을 듯싶은 니체도 "가능한 앉아서 지내지 마, 자연 속에서 자유롭게 몸

피에르 오귀스트 르누아르, 〈시골의 무도회〉, 1883, 오르세 미술관

영혼이 굶주렸다면 몸에 대한
새로운 시도를 해보라고 권하고 싶습니다.
해보시면 압니다. 춤도 좋고 마라톤도 좋습니다.
하다가 여러 번 실패했다고요?
그게 어쨌다는 건가요? 그럼 다시 시작하면 그뿐입니다.

을 움직이면서 얻은 게 아니라면 어떤 사상도 믿지 마, 몸이 뛰어든 게 아니면 믿어선 안 돼"라고 했습니다.

금욕에 사색만 했을 사상가 헨리 데이비드 소로도 한없이 걷고 또 걸었다고 합니다. 그러면서 "이렇게 걸으면 말로 설명하기 곤란한 만족감이 내 몸 안에 깃든다. 피곤하면서도 새롭게 태어난 느낌이다"라고 고백했습니다.

마크 트웨인은 담배를 수천 번 끊었습니다. 수천 번 실패했다고요? "Oh, no." 수천 번 시도했고 그때마다 어김없이 성공했던 겁니다. 맘먹기 나름이고 생각하기 나름입니다. 담배 이야기가 나왔으니 말인데 어떤 여자 후배가 새해 목표를 뭐로 세울까 하기에 담배를 끊어 보라 했습니다. 못내 아쉬운 모양이기에 금연에 성공하면 미백 화장품을 주겠다고 상품으로 내걸었습니다. 이미 금연을 놓고 생각한다는 건 끊고 싶은 생각이 있는 것이지요. 생각에 따라 의지가 일고 의지에 따라 방법은 나오는 것입니다.

자기 몸을 믿으십시오. 우리의 몸은 놀라운 것입니다. 마음이 동하면 실천하고 실천은 언제나 몸으로! 몸을 구체적으로 움직이십시오. 그러면 구체적인 답이 나옵니다.

강은 역류를 품고 흐른다

지루하다 못해 힘겹기까지 했던 장마철, 곳곳에 물이 차고 넘치고 무너지면서 탈도 많았습니다. 이럴 때 강으로 나가 둑에서 지켜보노라면 역류逆流를 만날 때가 있습니다. 불어난 강물이 강줄기를 따라 흐르는데 강 가장자리에는 강둑을 타고 거슬러 오르는 해괴한 흐름이 버젓하니 존재합니다. 그 역류에 떠밀려 아래로 떠내려가던 쓰레기들이 비틀거리며 위로 떠오르기도 합니다.

물이란 본디 높은 데서 낮은 곳으로 흐르는 것, 이는 모두가 알고 있는 자연의 이치입니다. 옛 가르침에도, 오늘날의 교훈에도 "물처럼 아래로 흘러야 한다, 몸을 낮춰 낮은 곳으로 흘러야 한다, 세상만사가 다 순리順理대로 흘러야 한다……"고 이릅니다만 엄연히 역류가 있음은 부인할 길이 없습니다. 어쩌면 순리에 따르라는 말도 순리를 거부하는 이런 역류가 있어서 생긴 말이기도 하겠습니다.

그러고 보니 노자의 『도덕경』에도 '도를 보전한 사람은 가득 채우려 하지 않는다'는 구절이 있습니다. 자기 요량대로의 완벽이란 크게 보아서는 순리가 아니란 뜻인가 봅니다. 자연自然도 한 치의 어긋남 없이 이치에 완벽히 맞아 가야 하는 게 아니니 말입니다.

비가 부슬부슬 기분 좋게 내리기도 하지만 어느 날은 하늘에 구멍이라도 뚫린 듯 쏟아부어 온갖 것을 쓸어버립니다. 햇볕도 따사로운 날이 있는가 하면 찌는 듯 태우는 듯 뿜어 대 살아 있는 것들을 숨막히게 하는 날도 있습니다. 그러나 그 좋고 나쁨, 순리와 역리는 인간의 구별일 뿐 그 모두를 일컬어 자연이라 하고 그게 당연한 것일 겁니다. 이렇게 세상만사는 이치와 도리에 어긋나는 거역과 부조리를 품고서 종국에 이르는 것이고 그래서 사필귀정事必歸正이라고 이야기하는 것이겠죠.

자연뿐 아니라 인간의 역사에서도 순리를 따르는 마땅한 사건들이 있는가 하면 하늘의 뜻을 거스르는 역천逆天의 부조리도 늘 있어 왔습니다. 물론 어느 것이 역천이고 어느 것이 순리인지를 헤아리기 쉽지 않습니다만 당대當代가 아닌 수십, 수백 년을 지나고 나면 무엇이 순리였고 무엇이 거스르는 반동反動이었는지 확연히 드러날 것입니다. 오늘 권력을 쥐었다 하고 자기네가 역사를 움직이는 본류인 척

피에르 오귀스트 르누아르, 〈보트(또는 아스네르의 센 강)〉, 1879, 런던 내셔널 갤러리

그 안에 자신을 거스르는 역리逆理마저 허용한 채 이루는 것을 제대로 된 순리라고 일컬을 수 있다면, 강물도 자기 안에 거슬러 흐르는 역류를 보듬어 안고 흐르는 것이겠지요.

하지만 훗날 되돌아보면 순리대로 갔어야 할 길을 벗어나 제 아집에 몸부림친 반동이었을 수 있습니다. 우리 사회가 목매던 4대강도 지금은 희대의 어리석음이 되어 있습니다. 하루아침에 문을 닫아 버린 개성공단 폐쇄도 훗날 참으로 황당한 조치였다고 할 공산이 큽니다. 최근 수년간 계속된 우리 사회의 보수 회귀와 민주주의의 퇴보도 잠시의 반동일 뿐 다시 더 나은 평등하고 정의로운 내일을 향해 나아갈 수 있을 거라 믿습니다. 이렇게 이리저리 흔들리고 다투지만 결국은 갈 곳을 향해 가고 있을 것이라 믿으면 조금은 마음이 가라앉고 숨이 편해집니다.

복잡한 세상사에 시달리다 물러서서 강가에 앉아 귀를 기울이면 가야 할 길과 가지 말아야 할 길, 내 길이 옳다는 아집과 그에 맞선 분노와 원망이 뒤엉켜 흐르는 소리가 들립니다. 소리가 들린다 해서 어떤 게 옳은지 판단이 서고 해결책이 나오는 건 아닙니다. 하지만 소리라도 듣는 것이 어딥니까. 멀리 내다보는 혜안도 가져야겠지만 눈앞의 일이 급한 건 어쩔 수 없기도 합니다. 막을 것은 힘닿는 한 막아야겠지만 모 아니면 도라고 죽기 살기로 싸울 것까지는 없는 일도 있습니다. 어느 것이 옳은지를 두고 모두 자기의 이야기를 시작하자면 강보다 더 넘쳐흐를지도 모를 일입니다. 다만 필요한 건 모두가 자기 자리를 잠시 떠나 강으로 나서는 일이 아닌가 싶습니다. 그리고 귀를 기울여 들은 다음 자신을 돌아보고 그다음은 각자 알아서 하면 되리라 생각합니다.

한 치의 오차도, 모자람도 없이 꽉 채운 진실만이 존재해야 하는 건 아니라 하잖습니까? 인간을 넘어 하늘마저도 그렇다고 노자는 이야기합니다. 천망회회 소이부실天網恢恢 疏而不失, 하늘의 그물은 성기어 다 새어 나갈 것같이 보이나 그렇다고 놓아 보내는 것 또한 없다는 뜻입니다. 오늘 못 이루면 내일 이뤄질 것이고 이제는 어긋나도 언제고 제자리로 돌아온다고 하니, 부채 바람으로 달래며 기다릴 것은 기다려야 할 것이고 나아가야 할 일은 나가 하면 될 것입니다.

산다는 게 무얼까

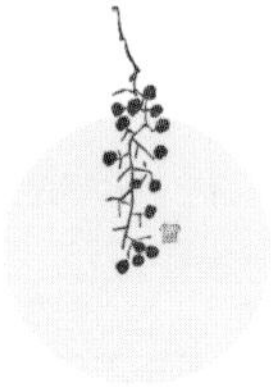

나이가 들어감을 느끼게 하는 일이 이것저것 있습니다. 부고를 접할 때도 그중 하나입니다. 원로도 아닌 나와 한 시대를 살았다고 할 만한 연예계와 스포츠계의 스타들이 떠났다는 소식을 들으면 그이들에게 감동하고 열광했던 한 사람으로서 잠시 멍해지기도 하고 조금 우울히 지내기도 합니다. '산다는 게 무얼까?'라는 난감한 질문 이전에 몸이 무언가를 느끼는 모양입니다. 갑자기 세상이 좁아진 듯 갑갑하게 느껴져 어깨를 털어 보기도 하고, 다리에 힘이 풀려 발을 굴러 보기도 하고 그랬습니다.

만일 우리가 평생에 이룬 일들, 벌인 일들을 한 장면으로 볼 수 있다면 어떤 생각이 들까요? 내가 영향을 끼쳐 바뀌어 버린 것들, 아무 소용도 없는데 몸부림친 것들, 날 미워한 사람, 내가 미워한 사람, 나에게 환호한 사람, 나를 까맣게 잊어버린 사람……. 어쩌면 너무

노승과 동승, 두 사람이 가을 숲길을 걸어갑니다.
"스승님, 저 시들어 떨어지는 가을 낙엽처럼
사람도 조만간 땅에 떨어져 뒹굴다 사라지겠죠?
그때는 무엇이 남는 겁니까?"
"그때야말로 황금빛 가을이 남겠지……."

두렵고 부담스러워 시선을 피할지도 모르겠습니다. 그 파노라마를 미리 볼 수 있다면 삶에 대한 태도와 진지함이 달라질 수 있을지도 모르겠습니다.

삶을 알아야 죽음의 신비를 들여다볼 텐데 삶은 아직 잘 모르겠고, 죽음을 알아야 삶을 바로 알 것인데 죽음도 모르니 따지고 보면 뭐 하나 제대로 알고 사는 것도 아닌 셈입니다. 사람의 존재가 몸과 감각, 지각, 의식, 마음이라고 하는 것들이 일정 기간 동안 결합되어 어느 정도 일관성 있게 지속되다 흩어지는 자연현상의 일부라고 한다면 그런가 싶고, 영혼이 있어 하늘나라로 가 다음 생인지 영원한 생인지를 산다면 그것도 위안이 되겠다 싶군요. 아니 또 살아야 하나 왠지 부담스럽기도 합니다.

종소리도 여운을 끌다가 사라지니 듣기 좋은 거고, 나뭇잎도 졌다가 다시 나니 반가운 고로, 사람도 끝이 있고 또 시작이 있으리라 싶습니다. 사라질 때 사라질 것이니 살아 있는 겁니다. 그런가요? 역시 잘 모르겠습니다.

어쩌면 모르는 걸 대하는 태도가 문제의 핵심이 아닌가 싶습니다. 유명한 물리학자 두 사람, 아인슈타인과 덴마크의 닐스 보어가 벌인 논쟁은 그래서 늘 머릿속에 남아 있습니다.

아인슈타인 : 우리의 이론은 경험을 표현하기엔 너무나 빈약해!

닐스 보어 : 그게 아닙니다. 경험은 우리들의 이론에 비해서 너무나 풍요로운 거예요.

양자역학의 문제를 다루다가 똑같이 어쩔 수 없는 무지無知에 맞닥뜨린 두 사람의 태도가 대조적입니다. 도대체 파악이 어려울 만큼 불확실하고 좀처럼 틈을 보여 주지 않는 절대 진리 앞에서 한 사람은 깊은 고뇌로 힘겨워하지만 다른 한 사람은 신기해하며 갸우뚱거립니다.

계곡 시원한 물웅덩이에 뒷걸음으로 조심스레 들어가는 노인과 벼랑에서 환호성과 함께 물로 뛰어드는 장난꾸러기를 떠올리게 합니다. 그렇게 생각하고 그렇게 잊고 그렇게 살아갈까 합니다. 나기도 하고 죽기도 한다니, 그리워도 하고 잊기도 한다니 얼마나 신기한 일입니까?

바람 불면 바람 속을

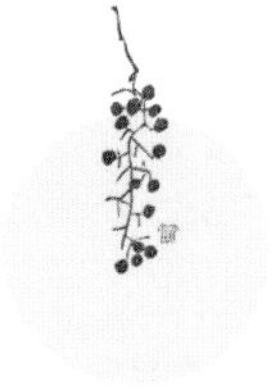

올 가을이면 이곳에서의 방송 생활이 35년째가 됩니다. 4학년 복학생이던 1983년 9월 어느 날, 단과대학 게시판에 붙은 신입 사원 채용 공고를 보고 큰 고민 없이 응시 원서를 냈던 직장이었습니다.

큰 고민이 없었던 이유는 그 이전 고민이 컸기 때문이 아니었을까 싶습니다. 그해 뜨겁던 여름, 나는 대학원에 진학해 인문학도로 그 이후는 인문학자로 살아가려던 생각을 막 접었습니다. 그리고 가을 학기가 시작된 캠퍼스에 기업들의 신규 채용 공고가 나붙기 시작했고, 지금의 직장이 눈에 띄는 순간 떠오른 생각은 '이걸 만나려 그랬나 보지'라는 거였습니다. 그게 전부였습니다.

늘 그런 식입니다. 남들은 국장급이 되기 전까지 두어 번이면 그만일 지역 근무를 여섯 번 다녀왔고, 보도국 소속의 기자이면 어쩌다 한 번 타국에 다녀올 터이지만 열 번 가까이 들락거렸으니 풍파도 있었던 모양입니다.

그래도 그저 피식 웃고 떠나고, 씨익 웃으며 돌아오는 나에게 가끔 동료들은 묻습니다.

“정말 괜찮은 거야?”

“선배는 진로를 결정하고 선택하는 기준이 뭐야?”

그럴 때마다 설익은 답으로 때우곤 했던 것이 기억납니다.

“뭘 그래, 조직이 다 그렇지. 인생 뭐 어쩔 거야, 비 오면 빗속을, 바람 불면 바람 속을…….”

이것을 속 편한 배짱으로 해석하든, 포기가 빠른 실리주의로 해석하든 각자의 몫이지만 그저 내놓는 답은 아니고 나도 여러 사람한테 얻어 배운 것입니다.

첫 번째 인물은 구약성서 창세기에 등장하는 요셉입니다. 팔레스타인의 가난한 유대인 집안의 귀여움 받는 막내아들로 태어났지만 시기심 가득한 형제들한테 버림받고 흉계에 빠져 이집트로 팔려 가 노예가 됩니다. 노예 생활도 기가 막힐 노릇인데 누명을 쓰고 감옥살이도 합니다. 하지만 이런저런 우여곡절 끝에 그는 이집트의 총리 자리까지 오르는 입지전적立志傳的인 인물입니다.

중학교 1학년 때 봄의 일입니다. 교회에서 사경회라는 큰 규모의 교인 성경 공부가 열렸는데 어른들 틈에 중학교 1학년생이던 내가 끼어들었습니다. 내용도 어려웠지만 부산에서 모셔 왔다는 강사 목사의 사투리가 어찌나 심한지 알아듣기란 불가능했죠. 그러나 요셉이란 인물을 설명하며 덧붙인 한마디만큼은 지금도 생생합니다.

인생 어디로 끌려가든지 니나 잘하그라. 하나님 내 편입니까 묻지 마라. 당연히 니 편이시다. 니나 늘 하나님 편에 서도록 마음 단디 묵어라.

네 인생이 어떻게 바뀌든, 네가 어떤 처지에 놓이든, 남들이 너를 어떻게 하든 너는 네 본분을 지키는 것에만 집중하라는 뜻일 겁니다. 까까머리 중학교 1학년생에게 왜 이 말이 그리 사무쳤는지는 설명을 따로 붙이지 않겠습니다. 철부지 소년의 인생도 기구하다면 기구하고 복잡하다면 복잡하니까요.

두 번째 인물은 2000년쯤에 누군가의 블로그에서 만난 18세기 독일의 유대인 낭만파 개혁가 라헬 파른하겐입니다. 당시로서는 누군지 알 길 없는 낯선 사람이었지만 나는 그녀의 글을 싸이월드 대문 글로 문패처럼 붙여 놓았습니다. 아래 옮긴 그녀의 글이 한 장의 포스터에 쓰여 있습니다. 그녀는 바닷가에서 쏟아지는 비를 우산 없이 두 팔을 한껏 벌린 채 가슴으로 맞으며 이렇게 외칩니다.

무얼 하느냐고?
아무것도 하지 않는다.

나는 삶이 내게 퍼부어지도록
그냥 내버려 둘 뿐이다.

Was machen Sie? Nichts.
Ich lasse das Leben auf mich regnen.

출처는 라헬 파른하겐의 1810년 3월 11일 일기에 쓰인 글입니다. 파른하겐의 이 경구는 외적인 운명을 그저 받아들여 복종하는 걸 의미하지 않습니다. 무엇이든 받아들여 그것으로 나를 창조해 내고 내 길을 열어 가겠다는 서사적 의미입니다. 니체의 '운명애'를 자기 식으로 삭혀 낸 듯합니다. 물론 내가 파른하겐처럼 몹시도 비장한 운명애를 주창하며 살아온 건 아닙니다. 내가 바란 건 무어든 포용할 가슴의 힘을 내 안에서 키워 내고 싶었던 것입니다. 이는 삶의 현장에서든 직장에서든 마찬가지입니다.

18대 대통령 선거의 결과를 놓고 멘붕이란 말이 유행했습니다. 함께 개표 실황 중계를 지켜보던 딸도 예외가 아니었습니다. 나는 딸에게 천연덕스럽게 말했습니다.

"야, 아빠는 지금껏 군부독재 대통령 3명과 민선 대통령 4명에게 삿대질하며 살았다. 누구든 올 테면 오라고 해!"

그리고 사람들에게 말을 걸었습니다.

"중요한 것은 선거와 선거 사이입니다. 이제 무엇이 이뤄지고 저질러지는지 똑바로 지켜봐야 합니다. 이제부터가 자기 자리를 찾아야 할 때입니다. 어디에 계시겠습니까? 정치를 놓아 버리지도 떠나지도 마십시오. 자신의 정치적 자리를 찾아 지키십시오. 우리의 목표는 새롭고 더 나은 정치였습니다. 우리는 지지 않았습니다. 우리는 우리의 정치를 한결같이 밀고 나가면 됩니다."

혼란스럽고 고통스러울 때 사람들은 자신을 탓하거나 자신의 운명을 탓하기 쉽습니다. 아닙니다. 자신과 이웃을 심판하지 마십시오. 혼란과 고통을 달리 변화시키고자 한다면 온 가슴으로 끌어안는 것이 최선입니다. 부당한 대우, 차별, 손해, 비난, 실망과 좌절을 가슴으로 끌어안기 위해서는 가슴에 힘과 자비로움이 필요합니다.

사람들은 자신에게 그런 게 준비되어 있을 리 없다고 생각합니다. 그러나 나는 모두가 힘찬 가슴을 갖고 있음을 보았습니다. 친구에게 내주고 가족들을 위해 희생하면서 살아가는 많은 사람들을 보았습니다. 그 경계를 넓히기만 하면, 기꺼이 넓히고자 결심만 하면 이루어지는 일입니다.

물론 나도 이를 이뤘다 할 처지가 못 되고, 지금도 번민합니다. '세상이 내 앞에 깔아 놓는 것들, 세상이 내게 뿌려 대는 벅찬 사람들을 포용할 수 있을까? 가슴으로 끌어안으면서 동시에 부조리한 것들과 계속 싸워 갈 수 있을까? 내 가슴은 과연 끝까지 진실되게 열려 있을 수 있을까?'

그러나 지금 중요한 것은 기꺼이 그 길을 가겠노라 하는 나 자신의 결의입니다. 고민은 그때 가서 닥치면 하도록 하죠. 한 번에 하나씩만 천천히 끌어안으면 되는 거니까요.

다리 하나로 춤추고 다리 없이 뛴다

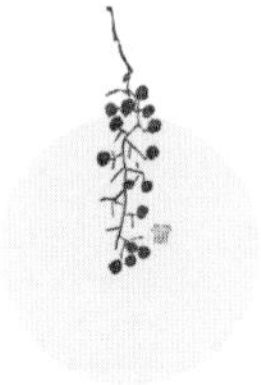

헨리 스몰스는 12살 때 기차 사고로 두 다리를 잃었습니다. 그런데 헨리는 오히려 어린 시절부터 해보고 싶던 무술 수련을 두 다리를 잃고부터 시작했습니다. 다리 없이 두 손으로 할 수 있는 종목들을 골라 익히면서 무도에 눈떠 가던 헨리는 세계 여러 무술대회에서 입상을 했고 검도, 아이키도의 종주국인 일본에서조차 놀라 그를 초대하기에 이르렀습니다. 2002년 호놀룰루에서 열린 국제 검도대회에서 3단 이상의 유단자 시합에서 1등을 하기도 했습니다.

그가 다른 검도인에게 해준 충고를 제 블로그에 저장해 두고 가끔 꺼내 읽곤 합니다.

"경기에 임할 때 그냥 죽도를 휘두르지 마십시오. 항상 상대방이 어떤 생각을 하고 있는지를 알려고 노력하고, 상대방과 정신적으로 연결되어 있다고 생각해야 합니다. 상대방의 경기 리듬을 찾아서 파악하고 어떤 움직임을 할 것인가를 예측해 상대방의 리듬을 깨뜨릴 수 있도록 해야 합니다. 공격을 당해도 심장이 한 번 뛰는 순간에 대응 공격이 이뤄지도록 훈련해야 합니다. 심장이 두 번 뛸 때에야 대응 공격을 하면 이미 늦습니다."

나도 30대 중반에 검도 수련을 시작해 공인 4단에 사범자격증을 땄으니 헨리 스몰스의 한 박자 치기, 나아가서는 현대일치(공격과 수비가 하나로 이뤄지는 것)의 오의를 모르진 않습니다. 차이는 두 다리 없이 수련해 이를 체득하기에 이르렀다는 것입니다. 두 다리 멀쩡한 몸으로 나름 열심히 수련에 임한 내로라하는 사람들도 이걸 몸으로 익히는 데 족히 10년은 걸립니다. 그러니 그가 흘렸을 땀은 상상을 넘어서겠죠. 흔히 자기와의 싸움이라는 말을 하지만 헨리 스몰스는 자신의 한계와 싸운 것을 넘어 자신을 격려하고 믿어 주는 자아와의 일치에 발을 내딛은 것이리라 여겨집니다.

인도가 낳은 최고의 고전 무용가 수나 산드란, 그녀도 절정기 때 사고로 오른쪽 다리를 절단했습니다. 그러나 의족을 하고 돌아온 그녀는 얼마 지나지 않아 다시 최고의 무용수 자리에 올랐습니다. 어떻게 이렇게 가능한지 묻자 그녀는 한마디로 대답했습니다.

"춤을 추는 데는 다리가 필요하지 않습니다."

기억 속에 어렴풋이 남아 있는 한 육상 선수도 떠오릅니다. 애트킨슨이란 이름의 남아프리카공화국 육상 선수입니다. 영국인 부모를 둔 백인으로 어린 시절 아프리카에서 초원을 달리며 육상 선수로 성장했죠. 아프리카 지역의 육상 대회를 휩쓸고 급기야 유럽에까지 이름이 알려져 스카웃 제의도 있었지만 자신을 길러 준 아프리카를 위해 뛰겠다며 거절했습니다.

그러다 국제 대회에 아프리카 대표 선수로 출전했고 단거리 종목 결선에 올랐습니다. 예선 성적이 압도적으로 뛰어나 금메달은 이미 따놓은 거나 마찬가지였는데 결승전이 열리기 전날 하필 비가 내렸습니다. 땅이 젖어 경기가 연기되어 메달 획득은 뒤로 미뤄졌죠. 땅이 마른 후 결승전을 치르게 되었습니다. 예선 1위이던 애트킨슨은 1코스를 배정받아 트랙에 나섰습니다. 그런데 1코스 옆이 축구장 잔디밭이라 1코스의 트랙은 겉으로만 말랐지 속은 질퍽거렸습니다. 그러나 경기는 시작됐고 질퍽이는 땅에서 뛴 애트킨슨은 메달을 따지 못하고 조용히 경기장을 떠났습니다.

그러나 다음 경기들을 치르려다 1코스 트랙이 질퍽거리는 걸 발견한 경기위원회는 즉각 남은 경기를 중단시켰습니다. 사람들은 몇 번이고 1코스를 달려 본 애트킨슨이 왜 이의를 제기하지 않았는지 궁금해했습니다. 그러나 선수는 사라졌고 사람들은 곧 그 소동을 잊었죠.

그로부터 1년쯤 지나 다른 곳에서 그 선수를 만난 한 신문기자가 그때의 상황을 물었습니다.

에드가 드가 〈무대 위의 발레리나〉, 1876~1877, 루브르 박물관

"땅이 질퍽거리는 걸 몰랐습니까?"

"아니요, 연습하는 과정에서 바로 알았습니다."

"왜 경기를 중단해 달라고 요청하지 않았습니까? 바깥쪽 빈 코스로 얼마든지 바꿔 줄 수 있었는데요?"

"스포츠는 남과 똑같은 조건을 부여받거나 메달을 따는 게 목표가 아닙니다. 자기가 맞닥뜨린 상황에서 한계를 어떻게 극복해 내느냐가 스포츠의 시작이고 본질입니다. 어떤 코스가 주어지든 내 앞에 가로놓인 장애와 한계를 뛰어넘기 위해 최선을 다하면 그뿐이죠. 그게 스포츠입니다."

스포츠 정신의 진수를 보여 준 그의 기록은 쉽게 찾을 수 없습니다. 메달을 따지 못했으니까요. 그러나 자기 운명에 대한 사랑, 그 운명과 함께 최선을 다해 한계에 부딪치는 당당한 인간의 결의는 젊은 시절부터 나를 지켜 줬습니다. 그의 뒤를 이어 수나 산드란이, 중년이 되어서는 헨리 스몰스가 함께 뛰고 춤추며 내가 앞으로 나아가게 도와줬습니다.

산에 무엇이 있냐고요?

20대 총선을 앞두고 국회의원 후보로 출마한 사람들의 재산 내역이 공개됐습니다. 빚만 남은 사람도 있지만 재산이 수십 억, 수백 억, 심지어는 천 억대가 넘는 자산가도 있습니다. 그 정도 재산을 갖고 있는 사람이 정치판에 뛰어들어 동분서주하는 모습에 갸우뚱하기도 합니다. 물론 정치에 뜻을 둔다는 게 부유층이 해서는 안 될 일은 아닙니다. 문제는 넉넉한 자산가임에도 정치판에 들어온 것이라면 부귀를 누리려는 건 아닐 테고 좋은 세상을 위해 신념을 펼치려는 것일 텐데, 정작 행동거지나 활동을 보면 그렇지도 않으니 갸우뚱하는 것입니다.

부귀와 영화 앞에서 흔들리지 않고 초연하다는 게 누구도 쉬울 리는 없습니다. 『명심보감』에 이르기를 '견불선見不善이면 여탐탕如探湯하라'고 뜻인즉, 옳지 못한 것을 보면 끓는 물에 손을 넣은 듯 크게 놀라 물러서라는 것입니다. 그러니 재산 도피, 세금 탈루란 안 될 말입니다. 나는 후배들에게 그런 욕망과 유혹 앞에서는 얼른 눈을 감고 기도하라고 합니다.

"사람은 누구나 욕망 앞에서, 위험 앞에서 교활해지고 비겁하게 되니 기도하라, 기도하면 우리의 욕구와 바람이 순결케 된다."

이것도 말이 쉽지 늘 기도하고 사는 사람들도 부귀와 영화가 눈앞에 들이닥치는 순간만큼은 기도가 안 되는 모양입니다.

옛날에 스승께서 제자들을 거느리고 세상을 돌며 참된 길을 설파하시다가 어느 마을 어귀 강 언덕에서 노숙을 하시게 되었답니다. 그런데 마을 큰 부자가 거짓말 약간 보태 주먹만큼 큰 진주 두 알을 스승께 바쳤습니다. 그런데 스승께선 거기 두고 가라며 눈길도 안 주시는 게 아니겠습니까? 진주알을 바라보는 제자들은 입안이 바짝바짝 말라 들어갔습니다. 그러던 중 바람 탓인지, 들쥐가 건드렸는지 진주 한 알이 떼구르르 구르더니 강물에 퐁당 빠지고 말았습니다. 제자들이 황급히 달려와 스승께 물었습니다.

"방금 진주알이 빠진 곳이 어딥니까? 콕 짚어 주십시오."

그러자 스승께선 "그러마" 하시더니 남은 진주 한 알을 들어 강물로 휙 던지시고는 "저기, 바로 저기다" 했답니다.

중국 남북조 시대 도홍경이란 학자는 어지러운 조정을 피해 훌쩍 산으로 들어갑니다. 황제가 몇 번을 나오라 청하다 한 번은 편지를 썼습니다.

山中何所有?(산중하소유) : 산에 대체 뭐가 있는데?

그러자 도홍경은 황제의 말을 그대로 옮겨 답합니다.

山中何所有(산중하소유) : 산중에 무엇이 있냐고요?
嶺上多白雲(영상다백운) : 산마루에 흰 구름만 가득합니다.
只自可怡悅(지자가이열) : 다만 저 홀로 즐길 수 있을 뿐.
不堪持寄君(불감지기군) : 가져다 드릴 수는 없군요.

탐욕은 단순히 재물을 탐내는 것을 말하는 것이 아닙니다. 내가 만나는 사람과 사물을 내 이기적인 목적을 이루기 위한 대상으로 왜곡해 보는 마음 또한 탐욕입니다. 땅을, 집을 얼마나 더 가지면 여유가 생겨 부모 잃은 아이들의 절망과 암담한 미래가 눈에 보일까요? 지식과 경륜이 뛰어나 나라 살림을 책임질 만한 자리에 올랐는데도 그것이 보이지 않는다면 어찌해야 할까요?

신윤복 · 강이오, 〈풍속산수화〉, 18~19세기, 국립중앙박물관

취한 것입니다. 모두가 잔뜩 취해 버린 것입니다.
술 취한 사람이 제집을 찾지 못하는 것과 같은 것이죠.
정작 보아야 할 것을 이기적 욕망에 가로막혀
보지 못하는 것, 그것 또한 탐욕입니다.
자신의 눈을 가리고 있는 것이 무언지
먼저 찾아 걷어 내야 할 것입니다.

김홍도, 〈필선인야적(늦은 밤 피리 부는 선인)〉, 18세기, 국립중앙박물관

CHAPTER 5

예술에게 인생을 묻다

삶의 시끄러운 혼란 속에서
당신이 무엇을 열망하고
무엇을 위해 다투고 있든 간에
당신의 영혼과 조화를 이루길.

– 라이더 앨리슨

구름이 묻고
산이 답한다

어느 해 가을 지리산에 다녀온 적이 있습니다. 김용택 시인이 퍼 가도 퍼 가도 마르지 않을 강이라고 노래한 섬진강 줄기를 따라 그 자태가 장하되 빼어나지 않고, 사람을 끌어당기는 건지 편안하게 해주는 건지 당최 알 수가 없다는 지리산에 들어섰습니다.

좋더군요. 가을 단풍보다는 잎을 떨군 나뭇가지들이 가끔씩 마른 웃음을 던지는 한적한 숲의 정취가 좋았습니다. 산을 오를 때마다 떠올리는 시라면 마종기 시인의 '두렵고 떨리는 마음으로'입니다.

시인은 봄밤에 산을 올랐거든 별들의 뜨거운 눈물을 보라고 합니다. 별들의 애잔한 미소를 바라보라 합니다. '별밭'의 노래를 들으라 합니다. 두렵고 떨리는 마음으로…….

요하네스 얀 페르메이르, 〈델프트 집들의 풍경〉, 1657~1661, 암스테르담 국립 박물관

오늘은 가을 낮에 산에 올랐으니 무얼해야 할지 모르겠군요. 역시 마종기 시인의 시로 답을 찾자면 '이슬의 눈'이 될 법합니다. 시인은 가을이 첩첩 쌓인 산속에 가 빈 접시를 손에 들고 선 채로 기다립니다. 그 빈 접시에 맑은 이슬이 모이길 기다립니다. 그 이슬에서 맑고 차가운 시 한 편 건질 수 있기를 소망합니다. 살아간다는 것의 목마름을 혹시나 씻어 낼 수 있기를 갈구합니다. 빈 접시를 들고 선 시인의 마음이 부럽고 또 아픕니다. 빈 접시를 들고 선다는 건 그에 앞서 많은 허울과 변명들을 벗어던지고 알몸이 되었다는 의미일 겁니다. 누구는 그렇게 맑은 시를 건질 지리산에서 나는 벗지도, 모으지도, 기다리지도 않고 그저 속절없이 가을 산만 어지럽히고 왔습니다.

괜한 시름들을 가을 산에 던져 놓고 온 다음 날, 가을을 타는 건지 몹시도 힘들어하는 후배가 불쑥불쑥 문자 메시지를 보냅니다.

고즈넉한 산속 암자에서 마주친 가을이 그리 아팠어요?

흔들리고 발버둥 치며 매달린 낙엽보단 떨어져 뒹굴며 밟히는 낙엽이 차라리 나아 보여요.

이렇게 감당하기 힘들 땐 어떻게 하시나요?

생각해 보면 참 매정한 답을 보냈습니다.

여기를 눌러 봐도 아프고 저기를 만져도 아픈 경우가 있지. 머리, 배, 어깨……. 만지는 데마다 다 아프면 그건 손가락이 부러진 거다.

압바스 키아로스타미 감독의 영화 「체리 향기」에서 자살만을 생각하는 주인공에게 한 노인이 이 이야기를 들려주는 대목이 나옵니다. 나로서는 대답이 궁하니 어정쩡 남의 흉내를 낸 셈입니다. 모르니 어쩌겠습니까. 남의 것 긁어다 줬지만 그래도 생각해 볼 만한 대목이니 다행입니다. 이런 것도 내가 할 역할이라면 그것도 그리 못난 짓은 아닌 듯합니다.

때로 사람들은 문제와 위기를 스스로의 과장된 자의식과 사념에 의해 부풀리기도 합니다. 아픔과 고민이 존재감을 느끼게 해주니 스스로 붙잡고 놓지 않을 때도 있습니다. 너무 아파만 말고 정말 아파하는 것인지 아픔에 '쩔' 가치가 있는지, 맨발로 서서 빈 접시를 손에 들고 기다려 이슬을 모으면서 자신을 물끄러미 들여다볼 필요가 있습니다. 아픔이 아픔인지, 아픔의 느낌인지, 아픔의 유희인지 그리도 강렬하고 질긴 것인지를.

옛날에 실력이 뛰어난 검객이 살았습니다. 그런데 집 안에서 쥐를 발견했습니다. 이 녀석이 겁도 없이 빤히 째려보고 도망도 가지 않는 게 괘씸해 칼을 휘두르며 쫓아다녔지만 집과 세간만 부서졌습니다. 주위 사람들이 그건 칼로 해결할 문제가 아니라 쥐 잘 잡는 고양이를 데려다 놓으면 될 일이라고 충고를 해서 고양이를 찾았습니다. 그러나 동네 고양이들에겐 이미 무적의 검객이 칼로도 당해 내지 못한 쥐라는 소문이 돌아 고양이들이 꼬리를 빼기 일쑤였습니다. 결국 가장 힘센 동네 대장 고양이가 타의에 의해 벌벌 떨며 떠밀려 들어갔습니다. 그러나 침상 위에 당당히 버티고 선 까만 쥐는 늠름하고 당찼습니다. 그 쥐가 벌떡 일어서는 순간 고양이는 깜짝 놀라 도망치다 기둥에 머리가 부딪혀 사망했습니다. 공포에 질린 동네 고양이들은 멀리서 해결사 고양이를 초빙했습니다. 그저 평범하게 생긴 해결사 고양이는 집 안으로 쓰윽 들어가더니 곧바로 쥐를 잡아 입에 물고 나왔습니다.

"아니 대체 무슨 수를 쓴 것이요? 그 거시기한 쥐를 단숨에 거시기 해버리다니……."

"수는 무슨 수! 나는 고양이이고 저는 쥐인데 그거면 됐지 뭐가 문제야!"

아마도 그럴 겁니다.

사는 거지 뭐, 산목숨이 사는데 수는 무슨 수!

벌새란 작은 새는 신체 구조상 큰 몸에 턱없이 작은 날개를 가진 데다 몸의 형태도 유체역학상 날아다니는 것이 불가능한 구조라고 합니다. 그런데 벌새는 구조와 역학이란 말은 알지도 못하고 생각해

본 적도 없습니다. 그래서 그냥 날아다닙니다. 본인이 비행기처럼 날아야 할지, 헬리콥터처럼 날아야 할지 정체성도 정리가 되지 않았습니다. 비행기도 모르고 헬리콥터가 뭔지도 모릅니다. 그래서 비행기처럼 날아다니다 헬리콥터처럼 공중에서 잠시 멈추기도 합니다. 그냥 날아다닙니다.

우리도 그냥 살아 봅시다.
힘든 만큼 힘들고 쓸쓸한 만큼 쓸쓸합시다.
고통이 내 것이긴 하지만 나 자신은 아닙니다.
그것도 손님이니 맞이해 함께하면 하는 것이고
때가 되어 떠나면 보내는 것이죠.

누가 이 나라를 '헬조선'으로 만드는가

1950년대 영국 런던의 빈민가. 허름한 2층 건물의 구석방, 퀴퀴한 곰팡이 내와 함께 풍기는 강한 약 냄새. 한 남자가 퀭한 눈빛으로 천장의 무늬를 세며 죽은 듯 누워 있습니다. 이따금 발작적인 기침과 생명을 깎아 터뜨리는 각혈로 자신의 살아 있음을 확인시킵니다.

그의 아내……. 어둠이 골목에 깔리기 시작하면 그녀의 입술도 짙어집니다. 립스틱을 짙게 바르고 머리를 매만지며 어둠 속으로 서서히 몸을 일으킵니다. 밝은 대낮엔 그녀가 할 수 있는 일이라곤 하나도 없었지만 어둠 속에선 옷을 벗는 그 일이라도 할 수 있으니까요. 남편의 약값을 벌고 아들 손에 하루 한 조각 딱딱한 빵이라도 쥐어 주기 위해서 지금 할 수 있는 일은 이것뿐입니다.

요하네스 얀 페르메이르, 〈델프트의 풍경〉, 1660~1661, 마우리츠하이스 왕립미술관

우리의 주인공, 그 소년.

죽음과 퇴락, 절망의 냄새가 가득 찬 집을 나와 갈 곳은 어디에도 없습니다. 그에게 자신의 살아 있음을 확인시켜 주는 일은 뛰는 것입니다. 그냥 달리는 건 비생산적입니다. 끊어질 듯 허기진 배로는 힘차게 땅을 박차고 나아가는 것도 어렵습니다. 손에 빵을 들고 뜁니다. 과일을 들고 뜁니다. 제법 두둑해 뵈는 신사의 지갑을 들고 뛰기도 합니다. ……그러다 보니 이제는 손에 든 것 없이도 걸핏하면 뛰어야 합니다. 호루라기를 불며 쫓아오는 경찰을 떼어 버리기 위해서죠. 이제 소년은 또래 누구에게도 뒤지지 않으리라 자신할 강철 같은 다리를 소유하게 되었습니다. 그 철각鐵脚을 믿고 달리고 달립니다.

소년은 소년원으로 들어갔습니다. 험한 시대의 소년들이 모이는 곳이 소년원입니다. 어린 나이로 버티기 힘든 중노동이 있고, 인권유린과 비인간적인 대우가 소년을 기다립니다. 아무리 땀 흘려 일해도 대가는 씹기도 벅찬 딱딱한 빵과 멀건 죽뿐입니다. 소년원을 책임진 교도소장의 비계만 두꺼워질 뿐입니다.

어느 날 교도소장은 야생마처럼 탄력 있게, 증기기관차처럼 지침 없이 달리는 소년의 철각을 발견합니다. 소년은 소년원 대표로 지역 육상대회에 나가 거침없이 독주하고 모든 사람을 놀라게 합니다. 교도소장은 소년을 더 큰 대회에 내보내 상을 타게 합니다. 그리고 소년범들의 재능을 내 아이처럼 귀히 여겨 발굴하고 키워 준 자신의 노력 덕분이라 내세워 재산 증식과 함께 명예도 키워 나갑니다.

드디어, 전국 청소년 육상대회의 막이 오릅니다. 하이라이트 마라톤의 출발 신호가 울렸습니다. 아무도 소년의 무한 질주, 절대 독주를 막을 수 없습니다. 기를 쓰고 뒤를 따르던 선두 그룹마저도 처지다 못해 이제는 보이지 않습니다. 소년은 그저 자기 그림자와 함께 고독한 질주를 계속합니다.

'나는 왜 뛰어야 하는 것일까? 무엇을 위해 뛰는 것일까? 누구는 뛰지 않고도 하얀 빵을 먹지 않던가? 언제까지 뛰어야 하는 것일까? 이 뜀박질의 끝에서 나를 기다리는 건 무어지?'

소년은 질문과 함께 뜁니다. 답은 모르니까요. 소년은 피를 토하던 아버지와 함께 뜁니다. 각혈하는 남편 옆에서 립스틱을 바르던 어머니가 속으로 삼켜 넘긴 피 울음과 함께 뜁니다. 동전 한 닢을 구걸하기 위해 이 골목, 저 거리를 몰려다니던 어린 친구들과 함께 뜁니다. 그러나 이 달리기도 이제 끝날 때가 되었습니다.

저기 하얀…… 제과점의 그 케이크보다도 하얀 결승선 테이프가 눈에 들어옵니다. 경탄의 눈빛으로 벌어진 입을 닫을 생각도 못 하고 자기를 바라보는 스타디움의 관중 모습이 조금씩 뚜렷해집니다. 반짝반짝 빛나는 저것들은 아마도 기자들의 카메라와 활동사진기의 차가운 금속들이겠지요. 그들은 각혈과 피 울음, 굶주린 소년들은 안중에도 없는, 달리기 시간을 재는 시곗바늘에만 관심 있는 쇳조각 같은 존재들이죠.

이제 이 고독한 질주도 끝내야 하나 봅니다. 우승컵을 안고 준

비된 대로 적당히 인터뷰를 해주고 나면 소년원 직원 식당에서 버터 바른 빵과 뜨끈한 고기 수프를 먹을 수 있습니다. 운 좋으면 소년원에서 가석방되어 청소년 육상 상비군이 될지도 모르겠습니다. 다 왔습니다. 이제 한 걸음만 더 내딛으면 끝납니다……. 잘 끝납니다……. 그런데 거기서 소년의 발은 더 이상 나가지 않습니다.

결승선 테이프 앞에서 소년의 제자리 뛰기가 시작됩니다. 힘차게, 힘차게 땅을 구릅니다. 군중의 웅성거리는 소리도 교도소장의 발악적인 고함도 들리지 않습니다. 앞으로 나가기 전 부수어야 할 것이 있습니다. 주리고 목마른 이들을 외면한 사회, 인간으로서의 존엄성을 포기해야 인간으로서 생존할 수 있는 이 땅의 모순, 가면과 교활함이 능력과 인격으로 인정받는 웃기는 세상, 그 처절한 비명 같은 삶을 외면하고 달리기 시간 재는 일에 흥겨워하는 사회의 참을 수 없는 가벼움…….

짐작하시는 대로 이 이야기는 1960년대에 영국에서 제작된 영화의 줄거리입니다. 원작은 알란 시리토의 『어느 마라토너의 고독』이란 소설입니다. 영화의 줄거리를 길게 늘어놓은 건 그 소년의 발 구름에 이 땅을 '헬조선'이라 부르며 침울해하는 이 땅의 젊은이들 모습이 겹쳐졌기 때문입니다.

자신이 태어나고 자란 땅을 헬조선이라 부르기까지 그들

이 겪었을 마음의 상처를 생각하니 참으로 답답합니다. 마음의 고통은 당연히 정체성의 혼란과 깨어짐으로 이어집니다. 무엇보다 그 과정에서 미리 절박한 젊은이들의 처지를 살피고 요구를 현실화할 방책을 찾아야 했던 기성세대의 책임이 크다 하겠습니다.

기성세대가 그리 허접하게 대응한 데는 정치와 경제, 시민사회 간에 벌어진 격차 즉 사회의 어느 부분은 뛰어가는데 다른 한쪽이 보조를 맞추지 못하는 '정치 지체Political Lag' 현상도 한몫을 하고 있습니다. 정치가 해결할 상황은 점점 복잡해지는데 혁신은 미뤄지기만 하고 거절당한 채 버려집니다. 총선 정국에서 다시 드러나듯 아직도 보스를 좇고 얼굴마담을 중심으로 뭉치는 팬덤fandom식 정치가 우리 정치의 주류를 이루고 있습니다.

젊은이들은 헬조선에서 벌어지는 이런 정치판을 보며 정치적 무관심을 키웁니다. 정당에는 젊은이들의 목소리를 대변할 청년 조직조차 없습니다. 형식상 만들어 놓은 청년 조직은 정치적 알바 조직이지 청년에게 정당하게 분배된 정치 지분이 아닙니다.

총선이 끝나면 인물에게 쏠렸던 팬덤식 정치는 공허함이 드러나고 사회는 또 실망의 수렁으로 빠질 겁니다. 헬조선의 탈출은 정치의 개혁과 사회의 변혁인데 정치에 실망한 어떤 젊은이들은 헬조선의 탈출을 한반도 공간에서의 탈출로 규정짓게 될 겁니다.

사람들은 종종 이 나라가 어찌하면 더 나은 나라로 발전하겠느냐 묻습니다. 내 대답은 쉽고도 간결합니다. 모든 시민이 자기가 참여하고 싶은 시민사회 운동 단체 하나씩을 골라 가입하고 활동하는 것, 그 이상의 방법은 찾을 수 없을 겁니다.

시민 모두가 자신의 공적인 역할을 찾아 힘을 보태고 권력을 감시하고 제도를 바로잡아 나가면 나라는 바뀝니다.

우리의 절망과 분노가 애매했기에

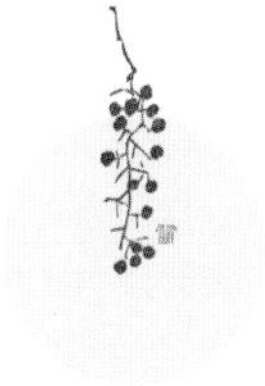

행복한 의사 부부가 있습니다. 아들 하나, 딸 하나를 키우며 삽니다. 어느 날 남편의 남자 후배가 그 아내에게 사랑을 고백하고, 아내는 번민과 갈등에 휩싸입니다. 두 사람 사이에 뭔가가 있음을 눈치챈 의사 남편은 둘을 의심하기 시작합니다. 그러다 귀여운 딸이 유괴범에게 납치돼 살해되는 끔찍한 사건이 벌어집니다. 절망과 분노의 나락으로 떨어지는 부부.

그런데 사형수가 된 유괴범에게도 딸이 있습니다. 의사 남편은 그 딸을 입양해 키우자고 합니다. 불륜한 아내에 대한 복수입니다. 아내도 그 아이에게 죽은 자기 딸의 복수를 하고자 작심을 하고 데려다 괴롭힙니다. 물론 소녀는 유괴범의 딸이 아닙니다. 부부에게 입양을 부탁받은 친구 의사가 차마 그럴 수는 없어 다른 아이를 데려다 유괴범의 딸이라고 거짓말을 한 거죠. 너무도 순수하고 고운 마음씨를 가진 죄 없는 소녀. 그런데 부부의 아들이자 그녀의 오빠가 그녀를 여자로서 사랑하게 되고, 엄마의 증오는 더해 갑니다. 결국 자신이 유괴범의 딸로 입양되었으며 증오와 복수의 표적이 되었음을 소녀도 알게 됩니다. 길은 하나뿐, 소녀는 하얗게 눈 덮인 숲길을 걸어 강에 이른 뒤 강물로 몸을 던집니다.

장면은 병원 응급실로 바뀝니다. 침대 위에 사경을 헤매는 소녀가 누워 있습니다. 그 주위를 죄인들이 둘러쌉니다. 복수에 눈이 먼 부부, 근친상간의 충격을 준 오빠, 거짓말한 친구 의사…… 모두 모였습니다. 아직도 남편은 아내가 밉고, 아내는 자신을 부정한 여자라 의심하고 증오해 온 남편이 밉습니다. 아들은 그런 부모들이 밉고 의사 친구는 부부가 한심하겠죠. 또 가족은 입양 과정에서 자기들 모두를 속인 친구가 원망스럽습니다.

그런데 어느 순간부터 차가운 냉기가 풀풀 날리던 얼어붙은 병실에 변화가 일기 시작합니다. 차갑게 식었던 소녀의 맥박이 미약하게나마 다시 살아나기 시작한 그때부터입니다. 심장의 고동이 느껴질 듯 말 듯, 여리고 힘겹게 한 번 뛸 때마다 모인 사람들의 얼굴이 변해 갑니다. 희망으로, 간절함으로, 서로의 손을 꼭 쥐고 한마음이 되어

구스타프 클림트, 〈생명의 나무〉, 1909, 오스트리아 응용미술관

소녀의 맥박을 쫓아갑니다. 그 작은 심장의 희미한 고동이 수십 년의 차가운 벽을 허물기 시작합니다. 차가움과 증오를 녹이기 시작합니다. 그 심장의 여린 고동을 따라 사람들은 서로를 용서하고 화해하며 구원에 이릅니다. 모두 구원에 이릅니다.

아시는 대로 미우라 아야코의 『빙점』입니다. 이 소설을 애증과 갈등 구조에 입각해 바라볼 수도 있겠지만 한편으로 이 소설은 지극히 종교적입니다. 세상을 구원하는 힘은 무얼까요? 그건 거대하고 강한 힘이 아니라 가장 약한 사람, 죄 없는 사람의 희생이라는 놀라운 진리를 일깨워 주는 장면이지요. 기독교적으로 이야기하자면 마구간의 아기 예수가 그랬고, 벌거벗겨진 채 십자가에 달린 그리스도 예수가 그랬습니다. 그들은 자기 생명을 지키기는커녕 생명을 빼앗으려는 악의 힘에게 반항할 힘조차 없지만 그것으로 해방과 구원의 역사를 시작했습니다.

우리 사회는 순결한 자의 죽음 속에서 하나가 되는 걸 경험한 바 있습니다. 미군 장갑차에 치어 숨진 두 소녀를 향한 애도와 거만한 강대국 미국을 향한 분노가 시민 행진으로 바뀌었을 때, 그리고 최근 세월호 참사로 떠나보낸 아이들 역시 우리를 하나로 묶어 주었습니다. 일본 대사관 앞에 놓인 평화의 소녀상도 우리를 불러 모아 하나의 맥박으로 뛰게 합니다.

소설 『빙점』에 등장하는 인물들은 생과 죽음 사이를 오가는 주인공을 지켜보며 자기들이 저지른 일과 죄 없는 이의 희생에 대해 정직하게 반응한 덕분에 자기 자신과 화해하고 자기에게 상처를 남긴 사람과 화해했습니다.

소설대로라면 우리도 그처럼 죄 없는 이들의 안타까운 죽음 앞에서 모든 벽을 허물고 골을 메우면서 하나가 되어 갔어야 합니다. 그러나 놀랍게도 우리 사회는 그 죽음 앞에서조차 정파와 정략을 떠올립니다. 통렬한 회개와 자기 성찰이 필요한 자리에서 이념이 등장하고 편이 갈라집니다. 어떤 사람들의 망언은 같은 하늘 아래 그런 사람과 살고 있다는 것이 경악스러울 정도입니다. 장갑차에 치어 숨진 두 소녀에 대한 애도는 반미좌경으로 매도됐고, 세월호 참사에서 바닷속에 가라앉은 생명들은 국가에 의해 잊히도록 강요받았고 전쟁

터에 성노예로 끌려간 이들은 다시는 이야기를 꺼내지 말 것이며 이 결정은 뒤집힐 수도 없다는 최종적, 불가역적 종결 판결을 받고 자발적 매춘이라 매도되기도 했습니다.

이 혼란의 뒤를 더 캐어 보면 그곳에는 우리의 기억을 지배하는 정치와 통치가 존재함을 발견할 수 있습니다. 국가적 슬픔은 두 가지 형태로 기억됩니다. 하나는 국가라는 거대한 조직이 주도합니다. 당연히 국가의 허점이나 실책은 적당히 봉합되고 희생된 당사자의 목소리는 필터를 거쳐 걸러지고 보상이나 조사위원회, 청문회, 책임자 징벌 등의 조치를 통해 소멸됩니다. 희생된 사람과 그들을 결코 잊지 못하는 사람들의 이름도 지워집니다. 언제 어디서 어떤 일로 어떤 희생이 있었고 이런저런 과정을 거쳐 마무리됐다는 국가적 기록만 남습니다.

그러나 그 슬픔에서 벗어날 수 없는 사람들의 기억도 있습니다. 그들은 자신들의 몸으로, 삶으로 슬픔을 새겨 나갑니다. 그들에게 참변과 참사는 끝나 버린 역사적 사실이 아니라 일상입니다. 전쟁 성노예로 끌려갔던 할머니들은 매일 가슴을 쥐어뜯어야 합니다. 세월호 희생 학생들의 부모는 아침에 아이의 방문을 열며, 한낮 학교 앞을 지나며, 저녁 집으로 돌아오는 이웃의 아이들을 보며 울음을 삼켜야 합니다. 생일, 기일, 졸업식, 개학식, 소풍…… 때마다 슬픔은 봉인을 풀고 솟구칩니다. 모두가 그 '기억'이 과거의 부정함을 고치고 더 나은 미래를 약속하는 '오늘'의 힘으로 작용하기를 바라고 있지만 어찌

된 일인지 국가가 이를 막고 이념이 흩어 버립니다. 그리고 국가와 이념의 노예로 사로잡힌 이들은 '침묵하라'를 외치며 그것이 애국이라 내세웁니다.

왜 거대한 슬픔 앞에서조차 좌우 이념과 정파적 대립이 등장하고, 왜 결국 본질인 인간 존재의 생멸과 존엄함보다 그것이 우위에 오르는 것일까요?

'지식은 시대마다 다르고 한 시대의 사고방식은 그 시대의 배경·구조를 뛰어넘을 수 없다'는 푸코의 명제대로 정말 우리는 어떤 경우에도 좌우, 진보 · 보수, 영호남의 이분법에서 벗어날 수 없는 것일까?

이 물음의 답은 우선 비겁한 국가와 언론이겠지만 그것만은 아닐 거라 생각합니다. 우리도 그 답의 하나는 아닌가 생각합니다. 우리의 분노와 절망이 애매했기 때문이고 우리가 국가에 예속된 피지배자이고 언론에 휘둘리는 비주체적 소시민이었기 때문은 아닌가 하는 것이죠. 그렇게 우리는 숱한 죽음들의 기억을 소멸시켜 왔습니다. 멀리는 동학부터 가까이는 해고 노동자들의 죽음에 이르기까지 우리의 기억에 머물지 못하고 지워진 죽음들이 많고도 많습니다.

안타까운 죽음들을 기억하는 것만큼 중요한 것은 그 죽음들을 멀뚱히 바라보다 잊어 가는 자신을 바라보는 것입니다. 그리고 이를 조종하는 국가와 언론 등 왜곡된 힘에 맞서는 것입니다.

부디 아픔에 대한 기억이 힘없고 소외되어 그늘 속에서 살아가는 이웃들 앞에, 우리가 쌓아 온 차별과 우월 의식의 실상 앞에 우리를 세워 우리 자신을 똑바로 볼 수 있도록 해주었으면 좋겠습니다. 우리가 우리 스스로를 가두고 형제자매를 가두었던 좁고 차가운 벽을 허물고, 더 진실하고 정직한 세상으로 나아가도록 이끌어 주었으면 좋겠습니다. 아니, 우리 스스로를 넘어섬으로써 우리가 그 희생들을 더욱 값진 것으로 만들어야겠습니다.

정상을 밟고 또 밟아

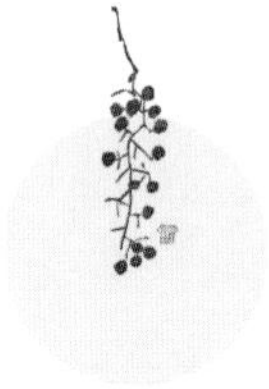

내가 좋아하는 판화가 이철수 씨의 작품 중에는 '기난한 머루송이에게'라는 작품이 있습니다. 볼품없이 마른 산머루 한 송이에 열매 십여 개가 부스러질 듯 겨우 매달린 그림입니다. 그저 초라하고 빈약한 머루송이를 그린 작품입니다.

가냘픈 머루송이도 그렇지만, 그 아래 적힌 대화가 더 아련하게 여운을 남깁니다.

겨우 요거 달았어?
최선이었어요
…

겨우
요것 달았어?

최선이었어요
...

그랬구나 ...
몰랐어.
미안해!

'가난한
머루송이에게'
철수 2000

그랬구나…

몰랐어.

미안해!

남들은 겨우 그거냐고 갸우뚱하고 핀잔 같은 물음을 던지지만 그것이 그 사람에게는 최선이었을 수도 있다는 걸 생각하니 절로 얼굴이 붉어지며 고개를 숙여 물끄러미 발밑을 보게 됩니다.

예전에 스승께서 빨랫줄 이야기를 해주신 게 기억납니다.

"어이 이 사람아, 어떤 빨랫줄은 튼튼하게 잘 버티고 어떤 빨랫줄은 시원찮아 끊어져 버린다고 생각하면 안 되는 거야. 끊어지지 않았으니 버티는 걸로 보이겠지만 언제고 버틸 수 있는 한계를 넘어서는 짐이 널리면 도리 없이 끊어지는 거라구. 쉽게 끊어진 듯 보이는 빨랫줄도 버틸 수 있는 데까지는 버틴 거야. 세상 모든 줄이 저마다 버틸 만큼 버티고 있는 거지. 내가 버틸 만큼 버티듯이 다른 줄 또한 제가 버틸 만큼 버티고 있는 걸세. 어떤 줄이 나보다 먼저 끊어졌다고 해서 그 줄을 약한 줄이라고 말하지 말게. 그 줄도 끊어지기 직전까지 버틸 수 있을 만큼 버텼다네. 그러니 결코 약한 줄이 아니지……. 세상에는 약한 줄도 없고 따라서 강한 줄도 없어. 그런 것은 자네 머릿속에만 있는 거야."

끊어진 줄에도 높고 낮음이 없고 나희덕 시인의 시 '속리산'에서처럼 산꼭대기 오르기보다 더 힘들고 고달픈 것이 산 아래서 밥 끓여 먹고사는 세상의 인간사인데, 어떻게든 살아 보겠다는 이들의 실수나 잘못을 그리 탓할 것도 없으리란 생각입니다.

어느 시인이 산의 정상은 해발로만 재는 것이 아니라고 설파했던 걸 기억합니다. 산의 정상은 해발로 가장 높은 곳도 아니며 앞질러 간 다른 이가 올라서 굽어보는 그 자리도 아닙니다. 더 이상은 오를 수 없다고 포기하려는 자신을 일으켜 세워 한 걸음 더 내딛은 그 자리가 그에게는 정상의 자리인 것이죠. 우리는 그렇게 정상을 밟고 또 밟아 여기까지 왔습니다. 내 옆의 그 사람 역시 그렇게 숨넘어갈 듯 정상을 넘고 넘어 지금 그 자리에 있는 것입니다.

자신의 불완전함을 인정하되 용기를 잃지 않고 자신을 긍정해 주고 인정해 주며 앞으로 나아가는 것, 그것이 멋진 인생의 시작입니다. 세상을 제대로 살려면 참고 견디어야 하지만 무엇보다 자신의 부족함과 모자람을 참고 견디어야 합니다. 인생에 대해, 사람에 대해, 자신에 대해 긍정하며 살아가는 것은 세상을 바꾸는 힘이 됩니다.

행여라도 "내 인생은 실패한 인생이야"라고 말해선 안 됩니다. 남에게도 그리 말하지 마십시오. 그저 지난번 일을 실패했는데 이번 일도 실패했을 뿐입니다. 다음 일에 실패한다는 보장은 어디에도 없습니다. 실패한 인생이라고 스스로를 설득한다면 다음번도 실패할

가능성은 높아지겠죠. 그러니 왜 그래야 합니까?

실패하거나 실수를 저질렀을 때 자신을 비난하고 부정하면 실수를 두려워하게 되고 다음 기회가 왔을 때 몸이 굳어 버릴 것입니다. 당연히 실수가 반복될 개연성이 크죠. 그러니 왜 그래야 합니까?

호주의 유명한 프로 골퍼 그렉 노먼이 1996년 세계 최고의 골프 대회 중 하나인 마스터스 대회에서 초반에 잘하던 경기를 망치고 결선에서 무너졌을 때 인터뷰에서 남긴 유명한 말이 있습니다.

"졌죠, 오늘은 졌습니다. 그래도 저는 승리자입니다. 다만 오늘 이기질 못했을 뿐입니다."

왜 내일도 지려 합니까?
상대가 이겼다 해도 그 승리는 영원한 것이 아니듯이
오늘 내가 패배했다 해도 그 패배는
나를 영영 묻어 버릴 만큼 치명적이지 않습니다.
내가 그리 믿지만 않는다면요.

높이 나는 새가 멀리 본다

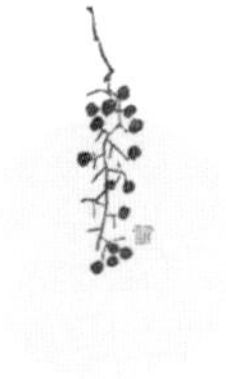

끈끈한 우애와 단결로 유명한 대학을 다녔지만 학창 시절도 졸업해서도 적응이 쉽지 않았습니다. 동창회 한 번 제대로 나가 본 적이 없는 나에게 참가 독촉 전화가 수차례 걸려 왔습니다. '학과 전체 동창회'에 꼭 참석하라는 대학 동기 회장의 독촉 전화나, 더 부담스러운 얼굴 모르는 후배들의 참석 확인 내지는 종용 전화가 잇달아 걸려 왔습니다. 결국 떨떠름 사양도 못 하고 비싼 척하는 것 같아 참석하겠노라 약속을 해버렸습니다. 낯가리고 번잡한 걸 싫어하는 나로서는 대학 졸업 이후 처음 나가 보는 대학 동창회입니다.

일과를 서둘러 정리하고 찾아간 동창회의 맨 위 학번이 63학번이라는 걸 처음 알았습니다. 맨 밑은 당연히 1학년 갓 입학한 학번입니다. 명찰을 찾아주고 방명록을 내미는 보송보송한 얼굴의 막내들과 허리가 굽어 버린 대선배들 사이에는 50년의 세월이 걸쳐져 있는 셈입니다.

10명씩 앉는 라운드 테이블을 1열에 7개씩 줄지어 놓았습니다. 그런데 이게 웬일입니까? 내가 앉을 테이블은 두 번째 열입니다. 그럴 리가……. 중간쯤일 거라 여기고 있었는데 맨 앞줄이나 다름없는 두 번째 줄이라니 말도 안 됩니다. 가슴 한복판을 서늘한 바람이 훑고 지나갔습니다. 괜히 억울하단 생각도 들었습니다. 일찍 와 멀뚱하니 적응 못 하고 홀로 앉아 있는 노(?)선배가 딱해 보였는지 뽀송한 후배들 몇이 와 인사하며 말도 시킵니다. 학창 시절을 떠올리며 도움이 될 만한 이야기도 해달라고 하는군요. 해줄 말이 없습니다. 그저 배시시 웃으며 수고 많다고, 즐겁고 보람 있는 학창 시절 보내라고…… 말이 되지도 안 되지도 않는 말로 때워 넘겼습니다.

이런저런 교양 강연에 정기총회가 이어지는 지루한 동창회 동안 볼펜으로 순서지에 낙서를 하며 선배들이 내게 해준 말은 어떤 것들이었더라…… 기억을 더듬었습니다. 가장 많이 듣고 좋아했던 말은 "높이 나는 새가 멀리 본다"라는 리처드 바크의 소설 『갈매기의 꿈』 중 한 대목이었음을 떠올렸습니다. 여러 선배가 그 말을 해준 걸 보면 그때 유행어였나 봅니다. 아니면 닐 다이아몬드의 주제가가 돋보였던 『갈매기의 꿈』을 원작으로 한 영화 「BE」가 그 당시에 개봉한 때문인지도 모르겠습니다.

리처드 바크는 가난한 목사의 아들로 태어나 궁핍함 속에서 성장했습니다. 그도 대를 이어 가난하게 아내와 아이들을 데리고 트레일러 속에서 겨우 삶을 이어 나갔다 합니다. 1960년대이니 세계대전이 보여 준 인간의 광기와 암울한 미래 때문에 많은 젊은이들이 좌절하고 무정부주의와 염세주의에 빠져들었던 시절입니다. 리처드 바크가 쓴 『갈매기의 꿈』은 히피들 사이에서 펜으로 베껴 돌려 가며 읽히던 작품이었습니다. 이 책이 정식으로 출판사에 의해 출간되면서 절망 속에서 하루하루 연명하던 바크는 대박의 주인공이 되었습니다. 그리고 그의 소설은 1973년 영화로 만들어졌습니다.

집단 따돌림을 당하던 엉뚱한 갈매기 조나단은 높이높이 올라갔다 역시 왕따였던 선배 갈매기를 만나는데 그의 이름은 치앙莊子입니다. 치앙은 말합니다.

"믿음 따위는 필요 없어. 난다는 것 자체를 이해해야 해."

당연한 이야기입니다. 이미 날고 있는 갈매기에게 날 수 있다는 믿음이 왜 필요하겠습니까? 도道를 도道라 하면 이미 도道가 아니라는 노자의 가르침에 잇닿아 있는 구절입니다. 이름과 개념, 이념으로 구별 지을 것 없이 도를 좇아온 마음으로 자신을 던져 나가면 이미 잘 날고 있는 거라는 가르침이겠지요.

조나단도 세월이 지나 후배 갈매기 플래쳐를 만나 멘토 노릇을 합니다. 그러고는 떠나면서 당부를 남깁니다.

파울 클레, 〈큰길과 샛길〉, 1929, 루드비히 미술관

"엉뚱한 소문내지 마. 나도 한 마리 갈매기였을 뿐이야.
너 스스로를 통해 보고 찾아내야 해.
너는 이미 네 속에 다 가지고 있어.
그러면 너는 진정 나는 법을 알게 될 거야."

바크 역시 어지러운 세속과 겉치레 가득한 종교, 포장 화려한 철학들……. 그 모두를 높이 날아오름으로 벗어나 자신 속에서 깨달음을 찾고 다시 이웃에게로 내려와 사랑으로 하나가 되자고 동양의 가르침을 서양의 펜으로 옮겨 적었던 것입니다.

그날도 많은 갈매기들이 모였습니다. 저마다의 길을 찾았는지는 모르겠습니다. 서로의 손을 부여잡고 얼싸안고 술잔을 들어 부딪치며 파이팅을 외치는 걸 보니 아직도 세상이 쉽지는 않은 게죠. 두려운 모양입니다. 같은 과를 나온 인연을 소중하게 간직하며 뭉쳐 서로 도우며 살자 하더군요. 높이 날아 버릴까, 올라갔다 다시 내려와 어차피 함께할 거면 이대로 함께할까…….

갈매기의 고민이 깊은 가을 하루였습니다.

점점 팍팍해져 가는 세상

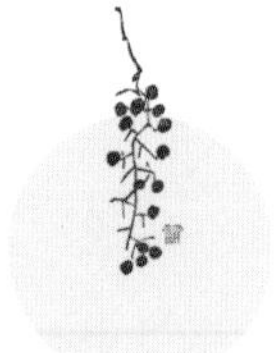

부산에 근무하던 때 가을 태풍이 한바탕 휩쓸고 지나가며 도시가 엉망이 된 적이 있습니다. 신기하게도 태풍의 상처 뒤에 길가 가로수에는 파릇한 새 움들이 돋아나기 시작했습니다.

살펴본 사정은 이러합니다. 가로수들은 태풍이 몰아온 진한 소금기를 덮어쓰는 통에 잎들이 바싹 마르고 말리고 뒤틀려 고통스럽습니다. 태풍 뒤에 몇 차례 빗줄기가 지나가면 소금기가 가시는 것이 상례이나 그해는 태풍 전에 지겹도록 비가 내리더니 태풍 뒤엔 뚝 끊겨 버려 나뭇잎들은 그냥 그렇게 매달린 채로 숨을 거두고 말았습니다.

나무의 처지에서는 황당하기 그지없는 일입니다. 날 따습고 햇빛 쨍한 늦여름과 초가을에 푸른 잎들을 매달고 햇빛 받아 광합성도 하고 숨도 시원하게 쉬어야 하는데 저리들 고개를 떨어뜨리고 생을 마감했으니 어쩔 것입니까. 그런 연유로 나무로서는 급히 새 움을 틔워 어린잎이라도 달아야 하겠기에 본능적으로 저리 몸부림을 치는 것이죠. 쥐면 그대로 부스러질 듯 물기 한 점 없이 말라 오그라든 잎들과 낮이 뽀얀 갓 난 잎들이 가을바람에 서로 부대끼며 허공에서 지나가는 이들을 내려다봅니다.

태풍에 숨진 잎들은 처연합니다. 땅에 떨어져 며칠이 지난 낙엽보다도 더 험한 모습입니다. 그러나 졸지에 황망히 세상을 떠나게 된 많은 잎들은 아직도 차마 떨어져 내리지 못하고 저렇게 매달려 있습니다. 주어진 생生을 다 못 채우고 떠나야 하는 설움과 한恨이 가지를 부여잡고 몸을 떨게 하는 걸까요? 낡은 잎들이 가지를 붙들고 내려서지 못하는 모습을 두고 구차해 보인다 할지도 모르겠습니다만 달리도 생각해 봅니다.

전해 듣기로 억새풀은 수명이 다해 말라 버리면 곧바로 쓰러지는 게 아니라 악착같이 바람을 맞으며 버티고 버티다 쓰러진다고 합니다. 속에 있는 어린 새잎들이 좀 더 자라 거친 바람에 홀로 서게 되기까지 바람막이 노릇을 하다 허물어져 내린다는 이야기입니다. 태풍에 마르고 소금기에 전 숨진 잎들의 뜻도 그러한지 모를 일입니다. 어린 새순들이 조금은 더 커 나오기를 바라며 마른 몸일지언정

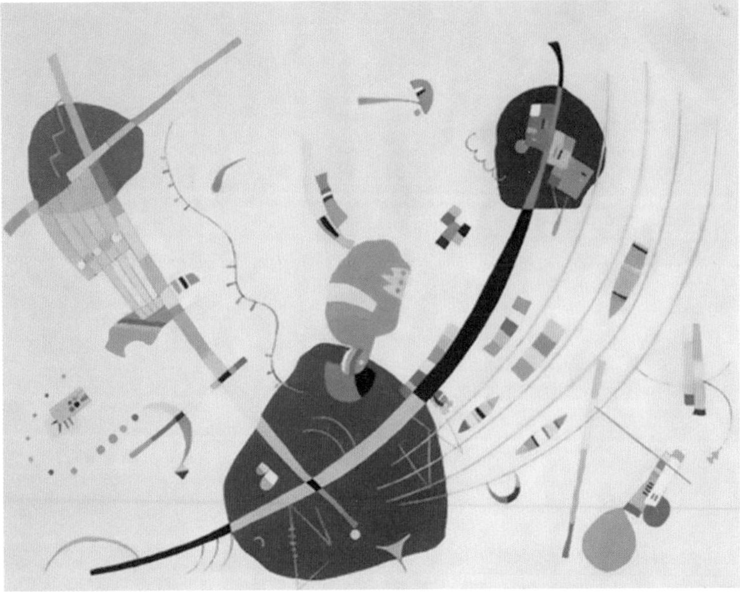

바실리 칸딘스키, 〈파랑을 향하여〉, 1939, 스트라스부르 근현대 미술관

한 겹 바람막이라도 되어 주고자 춥고 어두운 밤을 곁에 있어 주고자 버티어 보는 게 아닐까요? 물론 새잎이 조금 더 자란다 해도 그다음이 무탈할 리는 없습니다. 이제 겨우 새끼손톱만 하고 엄지손톱만 한 저 어린것들이 얼마나 버티어 줄는지 기대는 난망입니다. 가을바람은 속절없이 하루가 다르게 차가워져 갑니다. 어린 나이에 더 살아내지 못하고 떨어져 내려 낙엽으로 길바닥을 떠돌아야 하는 피할 길 없는 운명이 그들을 조여 오고 있습니다.

우리가 올려다보는 나무의 처지도 그렇지만 나무가 내려다보는 인간사도 그리 편치는 않습니다. 바람이 매몰차게 흔들듯 세상은 없는 사람을 더욱 어렵게 수렁으로 몰아넣습니다. 이유도 뜻도 모른 채 태어나 세상에 나온 새잎처럼 우리의 아이들도 그러합니다. 부모가 곁을 지켜 준다는 게 쉽지 않습니다.

먼 나라에서는 난민이 되어 쪽배로 바다를 건너다 부모를 남기고 먼저 떠나는 아이들의 소식이 전해지기도 합니다만 그런 참상은 접어 두더라도, 우리 곁에는 한 푼이라도 벌어야 하기에 일찍 아이들을 떼어 놓고 집을 나서는 부모들도 많습니다. 일감을 찾아 먼 타지로 떠나는 일도 다반사입니다. 벌인 사업이 망하거나 직장에서 떨려나 거리로 나앉고 야반도주로 떠나고 아예 생을 끊어 버리는 부모들도 있습니다. 카드 빚으로 졸지에 부모를 떠나보낸 카드 고아들도 있고, 어린것들을 위해 무슨 짓이라도 해야 하는 절박한 이들도 있습니다. 부모는 부모대로 힘들지만 살아남아야 한다는 본능만으로 추운 날을 헤매야 하는 아이들도 많고 많습니다. 살기에 점점 팍팍해져 가는 세상, 우리의 부모와 아이들은 얼마나 더 찬바람을 견디어야 할지 불현듯 기도가 솟아오릅니다.

그리스의 영화감독 테오 앙겔로풀로스의 작품 중에 「안개 속의 풍경」이란 영화는 이런 아이들이 주인공입니다. 오갈 데 없는 남매가 아버지를 찾아 길을 나섭니다. 얻어듣기로 아버지는 독일에 산다고 했기에 낯선 나라 독일로 향합니다. 독일이 어디에 붙어 있는지,

어느 쪽 길이 독일인지 알지도 못합니다. 아이들을 인도하는 나침반은 아버지를 찾을 수 있을 거란 막연한 기대, 그것뿐입니다. 물론 아버지를 본 적은 없습니다. 뭐 하는 사람인지도 모릅니다. 누군가 아버지란 사람이 세상에 살아 있는 것이 확실하냐고 캐묻는다면 그렇다 답할 자신도 없습니다. 아버지는 독일에 있다는 그 말도 어쩌면 어머니가 둘러대다 보니 튀어나온 말일지도 모릅니다. 아마 그럴 겁니다.

그러나 남매는 한 치 앞을 보기 어려운 안개 속으로 걸어 들어가 국경을 넘고 넘습니다. 그리고 숱한 절망들을 겪고 만납니다. 그래도 아버지를 만난다는 희망은 놓을 수 없습니다. 희망을 갖다 보니 절망하게 되고, 절망에 빠지다 보니 어떻게든 희망이 필요하기에 희망은 절망을, 절망은 희망을 부르며 여행은 계속됩니다. 희망이 걸음을 계속하는 뜻이고 이곳의 절망이 다음 장소로 걸어갈 이유가 됩니다. 아니 뜻도 필요 없고 이유도 필요치 않습니다. 남매는 오늘을 버티게 해줄 희망으로 오늘을 견디어 내고 내일은 내일의 희망이 생겨나길 바라며 나아갑니다. 앞으로 나아가야 넘어지지 않는 자전거처럼 아이들은 희망의 여행을 이어 갑니다. 아이들은 아버지에게 전해지지 않을 편지를 씁니다.

'아버지, 우리는 낙엽처럼 여행하고 있어요……. 아니요, 우린 행복해요. 우린 여행하고 있으니까요…….'

「안개 속 풍경」의 작은 남매의 모습은 이내 지금을 함께 살아가는 우리의 아이들 모습과 겹칩니다. 아주 어린 시절부터 경쟁에 경쟁, 좁은 문, 좁은 길에서 부대끼며 살아가는 그들의 모습을 떠올립니다. 21세기 그림자 짙은 현실 속에서 우리의 아이들도 희망을 놓지 않고 용기를 길어 올리며 하루하루를 밀어 가고 있는 것이겠죠.

뒷짐 지고 우리 땐 이랬지 저랬지 하며 거들먹거린 날들이 부끄러워집니다. 억새도 그러하고 가로수 잎도 그러하듯, 시대의 맨 앞줄에서 길을 트고 장애를 걷어 내는 것이 해야 할 일인데 죄스러울 뿐입니다.

힘을 얻어 나의 여행을 이어 갑니다. 도움이 되지는 못하고 되려 얻어 가려니 고마우면서도 부끄러운 일입니다. 태풍이 지나쳐 간 가을, 가로수 잎에서 나는 살아 있기에 희망이 있고 희망으로부터 살아갈 힘을 길어 올려 하루를 밀고 가는 아이들의 모습을 그리며 고개를 숙입니다.

고맙고 미안합니다.

CHAPTER 6

사랑하는 사람이 사랑을 만든다

내가 원하는 것

내가 원하는 것은 함께 잠을 잘 사람
내 발을 따뜻하게 해주고
내가 아직 살아 있음을 알게 해줄 사람
내가 읽어 주는 시와 짧은 글들을 들어 줄 사람
내 숨결을 냄새 맡고, 내게 얘기해 줄 사람
내가 원하는 것은 함께 잠을 잘 사람
나를 두 팔로 껴안고 이불을 잡아당겨 줄 사람
등을 문질러 주고 얼굴에 입 맞춰 줄 사람
잘 자라는 인사와 잘 잤느냐는 인사를 나눌 사람
아침에 내 꿈에 대해 묻고
자신의 꿈에 대해 말해 줄 사람
내 이마를 만지고 내 다리를 휘감아 줄 사람
편안한 잠 끝에 나를 깨워 줄 사람
내가 원하는 것은 오직
사람

– 자디아 에쿤다요(32세, 수혈 중 에이즈 감염)

관능적인 사랑

엘리자베스 테일러가 세상을 떴습니다. 긴급 속보로 들어오는 그 여배우의 죽음 소식은 이상하게도 현실감이 없었습니다. 아마 어린 시절 잡지 속 그녀의 사진을 보며 너무 예뻐 비현실적으로 느껴지던 거리감의 연장인 듯합니다. 물론 18세부터 시작해 평생 여덟 번의 결혼을 매번 떠들썩하게 치른 그녀의 삶도 결코 평범한 건 아닙니다. 그러나 분명한 건 사랑에 관해 젊은 시절부터 인생의 황혼에 이르기까지 대단히 일관성이 있었다는 것입니다.

리처드 버튼과 유부녀, 유부남으로 만나 불같은 사랑에 빠지고 결혼에 골인할 때 로마교황청은 지구촌의 도덕의식을 망가뜨린다며 비난 성명까지 냈습니다. 그러나 엘리자베스 테일러는 훗날 회고합니다.

"우리는 처음 만난 순간부터 미칠 듯 강력한 사랑에 빠졌고 많은 시간을 함께했지만 그래도 충분하지는 않았다."

그런가 하면 남편의 친구이자 자기 친구의 남편이기도 한 팝가수 에디 피셔와 스캔들이 터졌을 때도 기자들에게 한마디 남깁니다.

"날더러 뭘 어쩌라구? 그럼 혼자 자란 말이야?"

파란만장했다는 표현이 딱인 그녀는 78세에도 염문을 뿌리다 말년에 이르러 결국 혼자 지냈습니다.

"하지만 내가 정말로 필요로 했던 건 화려한 보석이 아니라 누군가의 진실한 마음과 사랑 그것뿐이었어요."

물론 그녀에게도 물어봐야겠죠. 당신은 진실한 마음과 사랑으로 임했냐고 말입니다. 어쨌거나 '사랑밖에 난 몰라'로 일관한 여인의 일생이었습니다.

그녀의 부고를 접할 때쯤 웹툰 원작의 영화 「그대를 사랑합니다」를 보았습니다. 황혼 인생의 가슴 저린 사랑을 그린 영화입니다. 치매에 걸린 아내를 돌보다 아내가 떠나게 되자 도저히 혼자 떠나보낼 수 없어 동행하는 할아버지가 등장합니다. 또 한평생 무뚝뚝하게 살다 새로운 사랑에 눈뜬 다른 할아버지는 "당신을 사랑합니다"라고 고백하라고 재촉하자 아내의 무덤을 찾아가 '당신'이란 말을 어찌 다른 여자에게 쓸 수 있겠냐며 미안해하고 망설입니다. 그래서 찾아낸 말이 '그대'인 모양입니다.

옛 영어(English)에서는 you에 해당하는 thee(thou의 목적격)가 있습니다. you는 통상 쓰이는 대로 2인칭 상대를 가리키는 것이고, thee는 '당신 안에서 나를 창조한 신의 존재를 느낀다'는 뜻으로 쓰이기도 했다니 더 존중의 뜻이 담겨 있다 하겠습니다. 우리말로 하자면 '그대'라고 하는 게 적절한 번역이 될 듯합니다. 놀랍게도 우유 배달 할아버지와 폐지 줍는 할머니 사이의 만남과 교감의 장면에서는 묘한 관능미가 물씬 풍겨 납니다. 10년 전 상영된 노인들의 성性을 다룬 영화 「죽어도 좋아」하고는 전혀 다른 느낌이었습니다.

미학에서는 흔히 고급 관능과 저급 관능으로 나누어 고급 관능은 시각과 청각에 의해 비롯되고 저급 관능에는 촉각, 미각, 후각이 속한다고 합니다. 그래서 고급 관능을 미적 관능이라고 부르기도 하죠. 육체성과의 관계가 상대적으로 먼 대신 정신적 영역과 밀접하다는 이야기인데 그러고 보니 그런 듯도 합니다. 물론 고급, 저급으로 딱 갈라 딱지를 붙이는 것에 찬동하는 바는 아니지만 무언가 다름은 인정해야 할 듯합니다.

관능은 성性과 예술에만 쓰이는 것은 아닙니다. 종교에서도 쓰입니다. 힌두교에서 신을 숭배할 때 제단 위에 과일과 사탕, 꽃, 향을 바치고 노래와 춤도 바칩니다. 아메리칸 인디언들은 향기로운 풀이나 허브의 일종인 세이지(사르비아)를 태우고 담배를 빨며 의식을 펼칩니다. 지적인 방식으로는 도달할 수 없는 신神적 영역에 몸과 감각을 통해 더 다가가려는 것입니다.

기도하고 인사할 때 손을 모으는 합장 역시 관능적입니다. 오른 손을 믿고 의지하고자 기대 오는 왼손을 오른손이 함께하고자 맞아들여 합장이 이루어지는 것이니까요.

기독교의 안식일도 따지고 보면 관능적 희열의 개념입니다. 세상의 편견과 판단을 벗어나 지나온 날들에 짊어졌던 짐, 고민, 신분, 계급, 성별, 나이 등을 내려놓고 모두 둘러앉아 노래를 부르고 손으로는 기도를 드리며 촛불을 켜고 방 안에 퍼지는 향내를 맡으며 따스한 빵을 뜯고 축복을 나누고 서로를 포옹하는, 신이 허락한 아니 의무로 부과한 관능의 시간입니다.

신발을 벗고 맨발로 땅을 딛는 것도 종교적 관능에 근거한 즐거움입니다. 성스러운 여신, 땅 어머니와 우리 사이를 차단하는 생명력 없는 것들을 치워 버리는 겁니다. 그래야 따스하고 또 차가운, 거칠다가도 보드라운, 그녀의 굴곡을 애무하듯, 키스하듯 더듬어 나갈 수 있는 것입니다. 온몸에 감겨 오는 안개의 감촉까지 있다면 금상첨화겠지요.

정신없이 내달리는 애욕과 호화스러운 이벤트를 사랑으로, 멋으로, 낭만으로 소비시키며 충동질하는 세상에서 눈길 한 번에 숨이 가빠지고 몸이 달아오르는, 작은 선물에 세상을 다 가진 듯 함박웃음을 짓는 70대 노인들의 사랑이 그려진 영화는 정말 반가웠습니다.

구스타프 클림트, 〈키스〉 1907~1908, 오스트리아 미술관

모든 생명은 만나고, 만남에 놀라고, 접촉함으로써 생겨나는 것입니다. 멋진 곳, 멋진 물건이 아니라 멋진 감각과 멋진 시간이 관능적인 아름다움을 창조합니다. 세상과 존재들을 그렇게 만나며 살아야 했던 것입니다. 이제라도 그렇게 살아가야 하는 것입니다.

갇힌 사람들의 에로티시즘

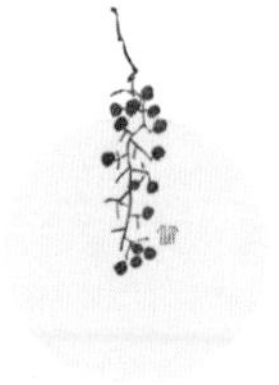

「1850 길로틴 트래지디」란 영화가 있습니다. 비극의 길로틴, 뭐 이 정도 번역하면 될까요? 개봉관에 잠깐 올랐다 사라진 주목받지 못한 영화죠. 영화의 코드가 휴머니티와 비극적인 사랑이라고도 하던데 나는 보는 내내 인간의 원초적 본능과 에로티시즘의 문제로 다가왔던 영화입니다.

영화의 무대가 생피에르 섬인데 설명이 약간 필요합니다. 미국의 수도 워싱턴을 지도에서 찾으면 그 위가 뉴욕이고 다시 보스턴…… 더 위로 올라가면 캐나다가 나오면서 뉴펀들랜드라는 큰 섬이 나타납니다. 캐나다 퀘벡에서 시작한 세인트로렌스 강이 바다로 나오는 곳이죠. 뉴펀들랜드 섬의 아래쪽에 보면 작은 섬이 두 개 떠 있습니다.

북미 대륙을 놓고 치열하게 싸우던 프랑스와 영국, 1700년대 후반(영화의 무대가 되는 1850년에서 100년쯤 전) 유럽에서는 7년 전쟁이 시작됩니다. 캐나다에서는 프랑스와 영국의 캐나다 주도권 전쟁이 시작되지요. 흔히 프렌치-인디언 전쟁이라고 부릅니다. 미국의 독립 전쟁도 이어집니다. 이 모든 전쟁이 미국의 독립을 인정한 파리조약으로 마무리되는데 전쟁에 진 프랑스는 캐나다에 마련한 뉴 프랑스 지역을 영국에게 모두 빼앗깁니다. 겨우 남은 땅이 콩알만 한 생피에르 섬과 그 옆의 미클롱 섬 두 곳입니다(프랑스에서 배로 두 달 걸리는 곳에 콩 두 알 크기의 프랑스 영토가 있고 그 앞에는 영국령 뉴펀들랜드 섬이 버티고 있는 것이죠).

점령자가 바뀌면서 혼란은 계속됩니다. 너무도 멀리 있는 조국으로 인해 흔들리는 프랑스령 사람들의 정체성과 불안감. 졸지에 영국령에 살게 된 프랑스계 사람들의 폭동과 반란, 영국과 프랑스 세력을 밀어내고 캐나다 연방으로 독립하자는 사람들의 자치운동……. 그러나 본국 역시 식민지에서처럼 반란과 진압이 이어지며 갈피를 못 잡던 시절입니다.

그러던 중 생피에르 섬으로 주위의 반대를 무릅쓰고 귀족의 딸과 사랑을 이룬 가난한 하급 장교가 수비 대장으로 부임해 옵니다. 본국에서 두 달 걸리는 이곳, 자신들을 아는 사람은 아무도 없는 곳, 그곳에서 벌어지는 수비 대장 부부의 끈적하고도 거침없는 에로티시즘은 그래서 약간은 어둡고 격렬합니다.

그러다 유배당한 사형수 하나가 이들의 보금자리인 관사 옆에 있는 감옥에 들어오면서 상황은 변하기 시작합니다. 부인과 사형수가 서로에게 다가가기 시작하는 것입니다.

단테 가브리엘 로제티, 〈성 게오르기우스와 사브라 공주의 결혼식〉, 1857, 테이트 브리튼 갤러리

요조한四疊半이란 단어가 있습니다. 일본에서 다다미 네 장 반 크기의 방을 가리키는데 좁고 제한된 공간을 의미합니다. 남들에게 방해받지 않는 밀폐된 공간, 이런 공간을 가장 간절히 바라는 사람들이 있다면 사랑하는 남녀일 것입니다. 특히 세상이 허락지 않은 두 사람만의 은밀한 사랑과 희락을 꿈꾸는 사람들에겐 간절한 소망이겠죠. 그래서 일본의 요조한은 에로티시즘의 상징이기도 합니다.

두 남녀가 서 있습니다. 전혀 에로틱하지 않습니다. 두 남녀가 서 있는데 엘리베이터 안에 둘만 있습니다. 뭔가 거시기하죠? 두 남녀가 마주 봅니다. 적당히 분위기 있는 대목입니다. 그런데 두 남녀가 승용차 안에서 마주 봅니다. 분위기가 확 달아오르지 않습니까? 요조한이란 좁은 공간은 이렇게 남과 여에게 몽환과 에로티시즘을 주입합니다. 러브호텔이 그런 요조한 사업입니다. 요조한은 이렇게 에로티시즘을 격발시키기도 하고 묘한 동정심과 운명애를 불러오기도 하며 사람들을 이어 줍니다.

다시 영화 이야기로 돌아갑니다. 장교 부부의 보금자리가 일종의 요조한입니다. 그런데 섬에 요조한이 하나 더 생깁니다. 바로 부인의 온실이죠. 거친 바람과 추위로 잘 자라지 못하는 부인의 화초를 가꾸는 사형수와 그를 옆에서 돕는 귀부인은 작은 온실이란 요조한에서 자신들도 의식하지 못하는 애정의 싹을 틔워 갑니다. 그들의 애정은 어느덧 글을 가르치는 부인과 배우는 사형수의 손가락이 책 위에서 조심스레 얽히기도 하는 묘한 상황에 이릅니다. 크게는 그 섬 자체가 섬사람들의 요조한입니다. 외부와 단절된 작은 섬에서 함께 부딪히고 얽히며 살아온 사람들은 이웃을 죽인 사형수에게 돌을 던지다가도 총독이란 지배 세력과 부딪히다 보니 사형수를 다시 이웃으로 받아들이기도 합니다.

불행하게도 밀폐된 요조한은 자신들만의 세계를 가지려는 불우한 연인들을 언제까지고 지켜 주지는 못합니다. 언제까지고 닫힌 채로 둘만의 공간으로 존재하기 어렵습니다. 러브호텔에서 가정을 꾸리지는 못하는 법이니까요. 아내를 옹호하다 임무를 저버린 남편은 근무지를 떠나 본국으로 돌아가 심판대에 섭니다. 사형수는 사형장으로 가야 합니다. 그런 사형수에게 하룻밤이라도 좋으니 자기를 아내로 삼으라고 목을 매는 과부도 등장하고 주인공 귀부인은 남편도 잃고 가슴속에 지피던 은근한 사랑도 떠나보내야 하는 슬픈 운명에 처합니다.

밀폐된 요조한에 탐닉했으나 자신들의 사랑의 끝을 일찍부터 예감한 남편의 사랑은 그래서인지 처음부터 절망의 냄새를 풍겼던 모양입니다. 사랑의 끝을 생각지도 않았던 귀부인의 사랑은 용감하고 거침이 없었으나 불행을 키우고 맙니다. 요조한에서의 사랑의 끝을 너무도 잘 알기에 귀부인을 사랑하지만 과부에게 몸을 의탁해 온 사형수의 사랑은 허허롭지만 차라리 침착합니다.

사랑은 왜 작고 닫힌 공간을 필요로 하는 걸까요? 사람들은 '어머니의 태'라는 안락했던 공간에 대한 원초적인 회귀라고도 하더군요. 공간이 작고 은밀할수록, 그 존속의 시간이 짧을수록 욕망은 강하고 진합니다.

어쩌면 파도에 남편을 잃었지만 잠시 스쳐 지나는 사형수에게 자신을 허락하고 결혼을 고집하는 과부, 그리고 그 후엔 그가 남긴 아이를 키우며 당당히 살아가는 섬마을 과부의 사랑이 가장 건강해 보입니다. 살다가 또 누군가가 나타나면 사랑하자고 당당히 이야기할 과부의 사랑이 진실에 더 가까운지도 모르겠습니다. 그녀의 사랑은 요조한의 사랑이 아니라 자기가 삶을 일구어 가는 바로 그곳, 드넓은 바다와 초원에서의 사랑이니까요.

그래, 인생은 그저 노는 거야

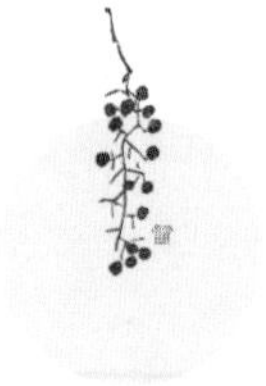

한동안 '힐링'이 대세였습니다. '웰빙'은 한물가고 뭐든 '힐링'을 내걸고 해야 손님이 든다고 하는군요. 방송 프로그램에서 힐링, 힐링 하더니 힐링 푸드, 힐링 댄스, 힐링 카페, 힐링 관광, 힐링 승마, 힐링 골프, 온갖 힐링 서적들까지 범람했죠. 거기에다 영화도 제목이 「Q-섹스 힐링」이라는 제목이 있어 확인해 보니 원제는 「Q」였습니다. 한국의 대세가 힐링이라고 그리 이름 지은 모양입니다.

웰빙이 '잘 먹고 잘 살자'였다면 힐링은 한 발 더 나아가 '치유를 통해 건강한 삶을 누리자'는 뜻이랍니다. 한편으로는 갸우뚱해집니다. 힐링을 번역하자면 '치유'인데 치유는 이미 오래전부터 우리 삶 속에 뿌리내려 온 행위입니다.

대 피터르 브뤼헬, 〈농부의 춤〉, 1568~1569, 빈 미술사 박물관

음악도 커피도 대화도 따지고 보면
모두 치유에 한몫을 하고 있는 셈입니다.
결국 치유는 어떤 도구가 아니라
그 도구로 쓰이는 문화 형식을 대하는 태도이자
관계의 문제인 듯합니다.

종교에서는 예배 그 자체가 신에게 인간과 인간의 공동체를 치유하도록 내맡기는 행위입니다. 사찰의 예불이나 좌선, 108배 등도 수천 년을 이어 오며 다듬어지고 정제된 치유 행위입니다. 무당도 있고 점술가도 있고 타로점도 약식 치유 행위일 것입니다. 신에게 올리는 기도도 마찬가지입니다. 복을 달라거나 합격시켜 달라 매달릴 수도 있고 내 자신의 평온을 찾게 해달라는 치유로 바꿀 수도 있는 것이겠죠.

그러고 보니 우리는 참 여러 가지를 바꿔 가며 매달려 왔습니다. 익숙한 건강식품을 예로 든다면 내가 초등학교 시절엔 컴프리가 기적의 풀이라며 만병통치의 상징이었습니다. 그다음엔 알로에, 영지버섯, 상황버섯, 스쿠알렌, 오메가3, 홍삼……. 참으로 온갖 것들이 우리를 지켜 주겠다며 우리 곁을 스치고 지나갔군요. 가치로는 웃음, 긍정, 변화, 느림, 웰빙, 인문학, 치유…….

다음엔 무엇이 우리를 사람답게 사는 길로 인도해 줄 건지 기다려집니다. 쉽게 이야기하면 성질 죽이고, 술, 담배 줄이고, 교양 좀 쌓고, 밥 제때 꼭꼭 씹어 잘 삼키고, 적당한 운동으로 신체 단련하면 된다 그런 이야기인 듯합니다.

검도에서는 신묘한 기술, 절기絕奇를 익히려고 궁리하면 꾸중을 듣습니다. 기본을 극한으로 익히면 그것이 곧 최상의 절학絕學인데 구도求道의 길에서 꼼수와 삿된 마음으로 조급히 굴며 빗나간다는 것입니다. 하긴 기본을 극한으로 익히는 것이 곧 궁극에 이르는 길이라는 것도 온갖 곁길과 지름길들을 겪어 봐야 뼛속 깊이 담을 수 있는 교훈이지 그냥은 어려울 것입니다. 빤한 장삿속이 아닌 진정을 담은 치유들이 많이 나왔으면 좋겠습니다.

한 인간의 고통이라는 게 우주만큼 넓다는 걸 이제 겨우 이해하겠는데 인간의 고통을 달래 준다며 돈벌이에 억지로 이어 붙이려는 듯한 유행은 화도 나고 슬프기도 하고 그렇습니다.

최근에 나도 '힐링 골프'에 참가했습니다. 동료 두 명의 아내가 각기 암으로 투병 중이어서 위로와 격려차 동료들과 함께하는 자리를 마련했습니다. 멀리 있는 동료야 어쩔 수 없다 해도 가까이 있는 동료에게는 종종 기운 내라고 뜨끈한 갈비탕이라도 먹이고 싶었습니다. 그러나 점심시간에 짬을 내 아내에게 달려갔다 오고 저녁이면 또 쏜살같이 들어가니 밥 사는 것도 용이치 않습니다. 그러니 좋아하던 골프는 엄두도 못 낼 일입니다만 아내 입장에서는 미안했던지 제발 좀 나가 즐기고 오라고 등을 떠밀었다 합니다. 함께 땀을 씻는 동료의 부쩍 야윈 몸을 보면서도 위로의 말은 생략합니다. 자칫 아내의 수척한 모습을 떠올릴까 봐서죠.

나는 공중을 향해 화살을 쏘았으나
화살은 땅에 떨어져 간 곳이 없었다
재빨리도 날아가는 화살의 그 자취
누가 그 빠름을 뒤따를 수 있으리

나는 공중을 향해 노래를 불렀으나
노래는 땅에 떨어져 간 곳이 없었다
누가 날카롭고 강한 눈이 있어
날아가는 그 노래를 따를 것이냐

세월이 흐른 뒤 참나무 밑동에
화살은 성한 채로 꽂혀 있었고
노래는 처음부터 끝 구절까지
친구의 가슴속에 숨어 있었다

헨리 롱펠로의 시詩 '화살과 노래'입니다.

슬픈 노래로
내게 말하지 말라
인생은 단지 허망한 꿈일 뿐이라고
……

이처럼 '인생 예찬'이란 시로 우리에게 힘을 준 롱펠로. 그런데 롱펠로는 젊어서 아내가 오랫동안 병으로 고생하는 것을 지켜보다 먼저 떠나보내야 했습니다. 재혼한 아내도 부엌에서 불이 나 심한 화상으로 고생하다 역시 먼저 떠났습니다. 롱펠로가 일흔을 넘긴 뒤 쇠약해져 자리에 누웠을 때 한 기자가 물었습니다.

"비극적인 사별을 두 번이나 겪고 여러 고난이 이어졌는데 어찌 그토록 아름다운 시를 쓰실 수 있었습니까?"

롱펠로우는 대답합니다.

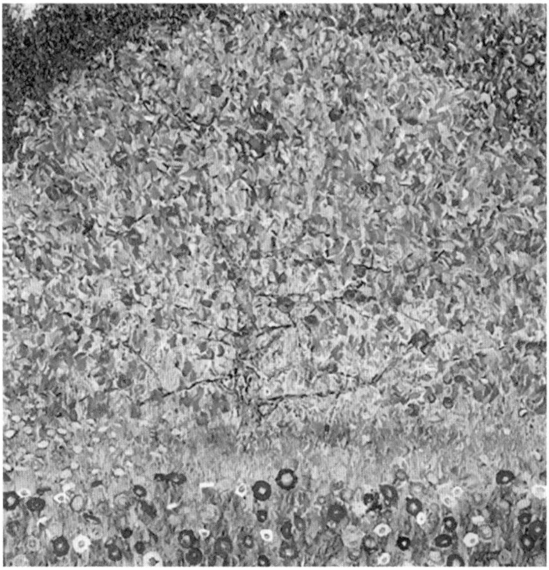

구스타프 클림트, 〈사과나무 1〉, 1912, 개인 소장

"마당에 오래된 사과나무는 늙은 가지지만 늘 새싹과 새 가지가 조금씩 나오며 해마다 열매를 맺지. 그걸 보며 나도 늙었지만 새싹, 새 가지를 내면 꽃피우고 열매 맺을 수 있다고 생각했어. 그 후엔 나 자신을 늙은 가지로 여기지도 않았지."

그렇군요. 울며 가든 노래하며 가든 길은 마찬가지라더니 늙었다고 여기니 늙은 것이고, 슬프다 하니 슬픈 것이지 그냥 길은 길인 모양입니다. 골프에도 그런 교훈이 있습니다. 모래 벙커에 공이 빠지면 난감해하며 긴장하고 몸에 힘이 들어가 공을 치는 건지 삽질하는 건지 모를 실수가 나옵니다. 그래서 모래 벙커도 그저 코스의 일부분일 뿐이라고 여기라고 훈수를 주죠.

불교에서 배운 에피소드도 있습니다. 하루 종일 면벽참선한 선
승에게 객이 묻습니다.
"무엇을 그리 참구하셨습니까?"
선승이 답합니다.
"나 말입니까? 아닙니다.
그냥 염주 갖고 놀았을 뿐입니다."

'그래 인생과 그저 노는 거야. 인생이란 게임이 어렵기도 하고 안 풀리기도 하고 그런 거겠지. 친구, 벙커도 그저 코스의 일부분이야, 알았지? 인생도 골프도 나이스 샷!'

저 가을 산을 어찌 혼자 넘지?

암 투병 중이던 동료의 부인이 세상을 떴습니다. 조문객을 애써 지은 미소로 맞던 동료는 발인 때 많이 울었다고 합니다. 옆에서 지켜본 결로는 무뚝뚝하다고 하는 경상도 부부였지만 아내가 멘토처럼 남편을 다독이고 격려하며 살았습니다. 사람 좋기만 한 남편을 탈 없도록 내조하고, 운전 못 하는 남편을 이리저리 실어다 주며 돌봐 우리의 부러움을 샀죠.

아메리칸 인디언 중 '크리'라는 부족은 여성을 'Caller'라고 불렀습니다. 남성은 여성이 하자는 대로 따라 하면 된다는 뜻이 담겨 있는 말입니다. 쉽게 이야기해 여성이 더 온전한 존재이니 남성은 여성

신윤복, 〈전모를 쓴 여인〉, 18~19세기, 국립중앙박물관

이 부르면 뛰어가 시키는 대로 거들면 된다 이겁니다. 그저 아부하려는 해석은 아닙니다. 크리족이 그렇게 생각한 근거가 있습니다. 여성이 자신 안에 타오르는 생명의 불을 가진 반면 남성은 그렇지 못하다는 겁니다. 아마 아이를 잉태하고 길러 내는 능력을 감히 다른 것과 비교할 수 없는 커다란 능력으로 여긴 데서 나온 듯합니다. 거기에다 여성 특유의 감수성이나 권력보다 공동체를 지향하는 포용력도 높이 가치를 부여한 걸로 보입니다.

여성은 살아가는 데 남성의 도움을 그다지 필요로 하지 않습니다. 도움이 필요한 상황을 잘 살펴보면 극심한 성차별과 억압적인 사회구조 때문에 그런 것이지 태생적인 여성의 한계는 아닙니다. 하지만 남성은 그렇지 못합니다. 30년을 주말부부로, 때로는 아이 둘을 키우며 살아온 나지만 주말에 아내가 집에 오면 맥이 풀리며 뭐든 빌붙고 의지하게 되니까요.

크리족은 남성에게 '좋은 남자가 되어야 좋은 여자에게 선택을 받는다'고 가르쳤다 합니다. 크리족의 여성 우위에 대한 가르침은 이 말에 집약되어 있습니다.

"만일 여성의 가슴이 땅에 버려진다면 그것으로 우리 인간은 끝이다."

그런 여성의 가슴이 땅에 버려진 게 아니라 곁을 훌쩍 떠나 버리면 어찌해야 할까요? 황망한 일입니다. 떠나는 것이 아니고 떠나왔던 곳으로 돌아간다고 해서 장례를 회향回鄕이라고 달리 부르기도 하지만, 그런다고 사랑하던 사람을 곁에 두지 못하고 떠나보내는 슬픔을 덜어 낼 방책은 없습니다.

조선 초기의 문신인 강희맹은 아내의 죽음을 애도하며 '밤새 슬피 부르는 노래 다섯 편'이라는 뜻의 '오경가오수五更歌五首'를 지어 규방 벽에 걸어 놓고 지냈다 합니다.

초경 인정 쇠에 주위가 조용한데
눈을 감아도 잠이 없어 오래도록 멀뚱거리네
앉았다 누웠다 신음하며 여윈 몸 일으키니
어떻게 이 춥고 기나긴 밤을 보내리

이경에 자려 해도 잠은 오지 않아
잠을 청하려고 억지로 두세 잔을 마시네
만 가지 생각이 번거롭게 일어나 더욱 어지러우니
상반되는 일이 마음에 걸려 견디기 어렵네

삼경에 잠 못 들어 턱을 괴고 앉았는데
등불 그림자는 경고 소리 드무네
구부정하게 기댄 채로 한밤을 지내며
창을 밀치고 옮겨 가는 은하수를 자꾸만 보네

사경에도 오히려 침상에 무릎 붙이지 못하고
깊은 아픔은 끝없이 내 창자를 짓누르네
천지가 다함이 있어도 시름은 다하지 않으니
진실로 병이 아님을 아는 것이 또한 깊은 병이네

오경의 닭 울음소리에 종소리도 따라 우는데
일어나 이불 안고 앉아서 날을 새우네
아침이 온다고 해서 시름이 사라지는 것 아니니
시름은 밤의 어두움으로 인해 더욱더 깊어지네

떠난 아내를 그리는 슬픔이 마치 풍경화처럼 펼쳐집니다. 중국의 어떤 이는 그 슬픔을 뭉치고 뭉쳐 짧은 시 한 구절로 토해 내기도 했습니다. 그 마음을 오늘은 감히 조금은 엿볼 수 있을지도 모르겠습니다.

저 가을 산을 어떻게 혼자 넘지
그대와 둘이서도 그렇게 힘들었는데…….

살아 있는 것들의 공명

시대를 살면서 뉴스를 듣고 보노라면 참 혼란스러울 때가 많습니다. 서로 물고 뜯고 싸우고 속이고 말을 바꾸고 '만인은 만인에 대해 적'이라는 말이 실감 나기도 합니다. 정치 지도자들이라고 하면서도 뻔한 거짓말을 일삼고 서로 헐뜯고 깎아 내리느라 숱한 날들을 허비하기도 합니다. 정치하는 사람들만의 일은 아닙니다. 부자만의 문제도 아닙니다. 민초여서 자신이 받는 부당한 처우에 열을 올리지만 그도 자신보다 약한 사람에게 가서는 '갑'으로 우쭐대기도 합니다.

누가 냉장고 옮기는 게 왜 그리 힘든지 아느냐고 묻기에 "무거워 그런 거 아니냐" 상식적인 대답을 했더니 이렇게 대답을 하더군요.

베르트 모리조, 〈와이트 섬에서의 외젠 마네〉, 1875, 개인 소장

사랑하는 사람이 사랑을 만든다.
힘들고 화도 나지만 고됨과 실망은 나의 느낌일 뿐
나 자신은 아님을 잊지 말 것.
구름이 푸른 하늘을 가릴지언정 더 어쩌지 못하듯 그렇게!

“아니, 냉장고를 옮기기 힘든 것은 냉장고와 얽혀 있는 우주 전체와 그 질서를 뒤흔들고 깨뜨려야 하니까 그래. 중력의 법칙, 만유인력의 법칙을 끊어 내야 하거든.”

많이 가져 질량이 나갈수록 중력이 강하게 작용해 움직이기가 어렵습니다. 호주머니 속에 들어간 것은 좀처럼 움직이려 하지 않습니다. 그런다고 그걸 꺼내고자 세게 밀어붙이면 상대도 더 강해지고 뭉쳐서 저항합니다. 내 것도 지키려 하지만 그걸 자식 몫으로 넘겨주려는 본능도 만만치 않습니다. 그럼에도 인간이 민주주의를 만들어 내고 민주주의가 유지된다니 신기한 일입니다. 이렇게 탈 많고 변덕스럽고 혼란스럽고 냉장고 하나 옮기기도 벅찬 세상이 어떻게 그럭저럭 굴러가고 있는 걸까요? 망해도 진즉 망했어야 할 것 같지 않습니까?

사람들은 세상이 나아가는 법칙 중에 다윈의 진화론을 이야기합니다. 진화론 중에 적자생존, 이것만큼은 확실한 법칙인 듯 여깁니다. 기운 센 종자, 변화에 재빠르게 적응을 하는 종자가 살아남은 것처럼 사람도 사회 속에서 힘을 키우고 세파에 적응해 헤쳐 나가는 것이 사는 법칙이라고 받아들입니다. 그러나 과연 그런가 하는 의문도 가져 봅니다.

사람이 무슨 힘이 있습니까? 힘이야 코끼리가 세죠. 하늘을 날기로는 파리만도 못하고 물속을 누비기로는 붕어만도 못한 게 사람입니다. 변화에 적응을 잘한다는 것도 믿기 어렵습니다. 추우면 난로 때야 하고 더우면 선풍기라도 틀어야 겨우 사는 게 사람입니다. 그리고 무엇보다도 인간은 자기네끼리 죽어라 죽이며 별것 아닌 걸로 편을 갈라 싸우고 조금만 달라도 배척하는 참으로 악독한 행태도 보이는 족속입니다.

인간은 약하게 태어나 간신히 적응하며 재난과 싸움을 피해 가며 겨우 견디어 왔습니다. 무엇이 이들의 살아가는 법칙이자 힘이었을까요?

어쩌면 인간에게 진화는 약한 것을 인정하고, 서로에게 의지하며 나누고 공존하는 방법의 발전을 의미하는 것인지도 모릅니다. 그것을 배웠기에 살아남은 것입니다.

최고의 사회제도라 일컫는 민주주의도 인간의 이런 진화에서 비롯된 것이겠죠. 힘을 모으고, 모은 힘은 한곳에 쏠릴까 나누어 놓고, 서로 견제도 하며 그 견제가 잘되도록 약속과 계약, 규정으로 유지시킵니다.

인간에게 진화는 경쟁하면서 이뤄 가는 게 아니라 공존을 위한 협동과 배려에 의해 이뤄 가는 것으로 봐야 합니다. 나랏일이 왜 그리 어려울까요? 그것은 거기에 얽힌 수많은 사람들의 운명과 삶을 흔들고 재배치하고 자르고 덜어 내야 하기 때문입니다. 그 어려운 작업을 탈 없이 해낼 수 있도록 하는 것이 우리의 진화 과정이고요. 우리는 오랑우탄 정도는 온 걸까요? 아니면 침팬지까지 와 있는 걸까요?

그러고 보니 도마뱀 이야기가 생각납니다. 『그때 그 도마뱀은 무슨 표정을 지었을까?』라는 도종환 시인이 쓴 에세이의 한 대목입니다. 생각나는 대로 간추리자면 이런 사연이었습니다.

일본에서 도쿄 올림픽을 준비하기 위해 메인 스타디움을 넓히다 보니 마을을 수용해 집들을 헐어 내게 되었습니다. 인부들이 지붕을 벗기려는데 벽에 도마뱀 한 마리가 도망가지 않고 달라붙어 있었습니다. 살펴보니 꼬리 쪽에 못이 박힌 채 움직이지 못하는 것이 아니겠습니까. 놀랍게도 살아 있었습니다.

그 집이 지어진 게 3년 전이니 도마뱀으로서는 엄청나게 긴 세월을 기둥에 못 박혀 살아온 것이죠. 너무도 신기해 철거 공사를 중단하고 사흘간 지켜보았습니다. 놀랍게도 다른 도마뱀 한 마리가 하루에도 몇 번씩 먹이를 물어다 주며 돌보고 있는 게 아니겠습니까?(물론 인부들은 그 도마뱀을 못에서 조심스레 빼내 놓아주었습니다)

'부부였을까? 어머니와 자식? 어쩌면 그저 옆집 사는 이웃일 수도……. 어쩌지 못해 남은 둘 모두 얼마나 몸부림쳤을까, 얼마나 두렵고 떨렸을까, 그들에게 3년은 얼마나 긴 세월이었을까, 그 한없이 무겁고 어두운 밤 그들은 어떤 표정으로 무슨 이야기를 나눴을까. 그들에게도 생각을 읽고 나누는 방법이 있어 그만 너라도 떠나라, 너를 두고 어찌 가리…… 이런 갈등과 사념들이 머릿속에 가득했을까?'

많은 이웃의 생명들이 공사 중에 희생됐을 것이고 겨우 살아남았어도 살 곳을 잃어 떠났을 겁니다. 알 수도 판단할 수도 없는 그들만의 세계지만, 나는 두 도마뱀이 서로의 생명과 존재를 각각의 것으로 여기지 않았을 거라 생각했습니다.

몇년 전 일본 도후쿠 대지진 참사에서도 앞을 못 보는 아내의 손을 움켜잡고 쓰나미를 헤치며 사투를 벌여 살아 나온 70대 할아버지가 있었습니다. 백내장으로 시력을 잃은 아내를 20년 동안 돌보며 살아왔다고 합니다. 지진 참사 속에서 서로를 돌보는 사람들의 모습을 사진으로, 화면으로 접하며 나는 살아 있는 것들의 공명共鳴을 떠올렸습니다.

생명은 비록 떨어져 있어도 무언가로 이어져 있어 함께 울린다는 것입니다. 하나의 진동이 공간을 격해 있는 또 다른 물체에 똑같은 진폭의 울림을 만들어 내는 공명共鳴 말입니다.

독일의 어느 의사가 환자의 혈액을 따로 밀폐 보존해 두었다가 오랜 시간이 지난 뒤 분석했더니, 환자의 채혈 당시 혈액이 아닌 지금의 혈액과 거의 비슷하게 변해 있었다고 합니다. '식물의 정신세계'를 가장 먼저 주창한 클리브 벡스터라는 학자의 실험 내용도 접했는데 여성의 타액을 받아 검사기에 연결해 놓고 관찰 기록한 결과 그 여성이 밖에서 성적 모욕을 당하면 그녀의 보관 타액에서 심각한 변화가 일어 뇌파검사기가 움직였다고 합니다.

친밀한 두 사람 중 한 사람이 아프다고 호소하는 부위를 파악한 뒤 다른 사람의 그 해당 부위를 안마하면 아프다고 한 사람의 통증이 완화된다는 실험도 있었습니다.

시간과 공간을 넘어 이어지는 내 몸과 느낌, 그리고 또 다른 생명과의 소통, 살아 있는 것들의 공명, 세상 모든 존재하는 것들의 공명……. 그런 것이 있으리라 믿어집니다. 두 도마뱀의 생명도 공명하고 있었을 겁니다.

살아 있으니,
다가갈 수 있으니,
함께할 수 있으니
그저 그리하는 것일 뿐!

선부른 판단일지도 모르겠고 그것이 살아 있는 것들의 본래 모습인지도 알 길이 없으니 여러분 각자의 몫으로 남겨 두려 합니다.

파울 클레, 〈작은 리듬이 있는 풍경〉, 1920, 개인 소장

인간에게 진화는 경쟁하면서

이뤄 가는 게 아니라

공존을 위한 협동과 배려에 의해

이뤄 가는 것입니다.

CHAPTER 7

남자, 그리고 여자를 만나다

세상이 시작된 이래 가슴으로부터

진정한 신사가 되지 못하면

그 어떤 인간도

진정한 신사의 기품을 나타낼 수 없다

— 새뮤얼 스마일즈

여성에 눈을 뜨다

기자 생활을 시작하던 무렵의 일이니 30년도 더 된 이야기입니다. 내가 속한 취재 부서의 불문율은 막내가 여성 단체 취재를 맡는다는 것이었습니다. YWCA, 여성민우회, 여성의 전화, 교회여성연합회, 여신학자 협의회…… 그런 단체들입니다. 당시로는 몹시 속상한 일이었습니다. 다른 언론사에선 다들 여기자를 보내는 탓에 수십, 수백의 참석자 중에 남자는 늘 나 혼자이기 일쑤였습니다. 텔레비전 영상 취재기자들이 남자이긴 했지만 잠깐 찍고 사라지니 혼자이긴 마찬가지였습니다.

그날도 그랬습니다. 새문안교회에서 여신학자들과 기독교계 여성들의 세미나 비슷한 모임이 있었습니다. '이 꼴이 뭐냐, 이 아줌마들이 집은 죄다 어쩌고 여기 모였다냐, 저녁 지을 시간 돼 가는데 빨리들 끝내시지……' 예배당 맨 뒷자리에 앉아 배배 꼬인 심사로 비 맞은 중 염불하듯 투덜거리고 있을 때 그날 예배의 끝 순서로 축도가 시작되려 하고 있었습니다. 단 위로 올라온 이는 조화순 목사. 암울한 시대에 힘없이 밟히는 여성 노동자들을 위해 싸웠던 여성 노동자의 대모로 잘 알려진 분이죠. 그분의 축도가 시작됩니다.

"세상을 창조하시고
그 후로 인간을 한 번도 여자와 남자로
구분해 부르지 않으신 하나님……."

이런, 세상에…… '인간을 한 번도 여자와 남자로 구분해 부르지 않으신 하나님'이라니! 머릿속이 하얘졌습니다. 영화 「매트릭스」에서처럼 시간이 순간 정지 상태로 가면서 시야가 카메라 조리개가 닫히듯 좁아지다가 흐려지기 시작했습니다. 전기에 감전된 듯 부르르 떨었다고도 하고, 벼락 맞은 듯 펄쩍 뛰었다고도 하고 놀람과 충격의 순간을 표현하는 말들이 있긴 있지만 적절한 걸 찾지 못하겠습니다. 다만 눈물이 배 속 깊숙한 곳에서 시작되어 솟구치듯 밀려 올라올 수 있다는 걸 그때 알았죠. 그렇게 시작된 눈물은 좀처럼 그치질 않았고 축도의 그다음이 뭔지, 어떻게 그 자리를 빠져나왔는지는 기억도 나지 않습니다.

요하네스 얀 페르메이르, 〈진주 귀걸이를 한 소녀〉,
1665~1667, 마우리츠하이스 왕립 미술관

그날 이후로 나는 나이지만 이전의 나는 아니었습니다. 여女와 남男의 문제뿐 아니라 가지고 못 가진 것, 배우고 못 배운 것, 내 집단과 남의 집단에 대한 구별에 대해 대단히 애매모호한 인간이 되어 버렸고, 자기와 다르다고 차별하는 데 대해선 대단히 단호한 인간으로 변했다고 해야겠습니다. 눈에 씌워져 있던 비늘이 떨어져 나간 듯하다고 표현할 수도 있겠지요. 그런 모든 허위의식과 각질이 된 관념들이 일순에 부수어져 내렸습니다.

그 후로 여성을 대하는 태도가 확연히 달라졌고 주말부부로 지내며 아이를 키우는 일도 갈등이 되거나 하지 않았습니다. 이런 모습이 남들 눈에는 남달라 보였던 모양입니다. 주말부부로 아이를 키우는 아버지라며 신문사에서 인터뷰 요청이 들어왔고 당시 페미니즘 운동의 최전선이던 페미니즘 저널 「이프」에서는 아이 키우는 아버지들의 이야기를 책으로 묶자고 연락이 왔습니다. 그래서 아이 키우는 아버지들의 이야기를 담은 책 『아빠 뭐해?』가 공저로 출간되기도 했습니다.

이것이 인연이 되어 안티미스코리아 및 미스코리아 중계방송 퇴출 운동에 한발 들여놓게 되고 호주제 폐지에도 끼어들고 성폭력 추방 페스티벌에도 참여하게 된 것입니다. 지금도 페미니즘을 표방한 팟캐스트 방송에 고정 출연하고 있지만 고답스러운 남성으로서의 정체성을 벗지도 못한 채 여성주의에 대한 체계적인 공부도 않고 이것저것 주워섬기는 것이 늘 부담스럽습니다.

그러나 인간으로서의 예의만 바로 갖추어도 여러 논란과 흉한 모습들은 바로잡을 수 있으리라 여겨집니다. 최근에도 남성들이 은밀히 모이는 공간뿐 아니라 공적인 공간에서조차 여성 혐오와 성폭력적 발언들이 난무해 문제가 된 사건들이 있었습니다. 여성 혐오란 여성이라는 정체성을 트집 잡아서 모욕과 조롱, 위협을 가하고 차별해야 한다는 선동과 위협이 담긴 언행이라 정의할 수 있습니다. 문제가 된 뒤에도 '남자들끼리 그럴 수도 있지'라며 문제 된 걸 문제 삼는 일이 벌어지는 걸 보면 우리 사회는 아직도 가부장적 봉건 이념에서 벗어나지 못한 미성숙한 사회라 생각합니다.

이런 남성이 누군가의 연인이 되고 남편이 되고 가장이 되고 직장에서 동료가 되고 상사가 된다는 걸 생각하면 이것은 개인의 일탈을 넘어 사회정치적인 문제이기도 합니다. 정치와 정책이 양성이 함께하는 더 나은 미래를 보여 주며 설득하지 못한 탓입니다. 그런 관점에서 남성들이 왜 여성을 향해 맹목적 분노를 퍼붓고 어이없는 편견을 갖는지도 정치와 사회가 풀어야 할 과제로 삼아야 문제가 해결될 것입니다. 그렇기에 이 영역은 우리 현실 속에서는 상대적으로는 진보 정당, 진보 진영이 더 관심을 갖고 노력해야 할 과제입니다.

우에노 치즈코는 『여성 혐오를 혐오한다』에서 남성들에게 권면합니다. 페미니즘은 여성에게 있어 자신과 화해하는 길이었으니 남성도 자기 자신과 화해하는 길을 찾아보라고 합니다. 그러면서 우에

노 치즈코는 남성이 자신과 화해하는 길은 여성과 마찬가지로 자기 혐오와 싸우는 일일 거라고 예견합니다.

그렇습니다. 나도 남성들에게 이야기하고 싶습니다. 우리는 그렇게 여성들에게 허접하고 비열한 흉물로 비쳐질 그런 존재일 수 없습니다. 우리 스스로를 너무 낮춰 생각하고 자존감을 포기하는 것이 여성 혐오입니다. 음습한 동굴에서 벗어나 더 높은 곳을 향해 나아갑시다. 내 누이와 딸들이 이유도 없이 유린당하지 않고 자유와 풍요를 누릴 수 있는 더 넓은 세상을 꿈꿔 봅시다.

나 자신도 아직은 온전한 평등의식을 갖추진 못했습니다. 그러나 그날의 경험 이후로 흔들흔들하면서도 여기까지 왔습니다. '한 번도 인간을 남자와 여자로 구분해 부르지 않으신' 그분의 섭리를 따라 여기까지 왔습니다. 이런 나를 남들은 페미니스트라고도 부릅니다만 그게 뭔지 제대로 알지는 못하고 그저 인간적으로 정직하고 싶을 뿐입니다. '한 번도 인간을 남자와 여자로 구분해 부르지 않으신' 그분 앞에서 정직하고 싶은 것입니다.

그 남자와
그 여자

'남자는 하늘, 여자는 땅'이라는 말을 흔히 듣습니다. 이 명제로부터 시작된 건지, 사람들은 남자가 우위에 있고 여자는 남자를 떠받들어야 한다는 데 대해 꽤나 논리적이라는 생각을 하나 봅니다. 그 연장선상에서 때로 행해지는 남자의 배려와 친절은 시혜施惠, 즉 하늘이 아래로 베푸는 것이라는 해석들을 별생각 없이 받아들이기도 합니다.

그러나 '남자는 하늘, 여자는 땅'이라는 명제를 두고 '하늘'을 sky, '땅'을 land라고 해석하고, 하늘이 위에 있으니 지배 관계에 있어서도 상위에 있어야 한다는 해석은 참으로 대책 없는 오류입니다. 여기에는 논리학적으로도 '소개념 부당주연의 오류'가 내포돼 있습니다.

모든 까마귀는 까맣다. 까마귀는 새다. 그러므로 새는 까맣다.

엘리자베스 루이 비제 르 브룅, 〈자화상〉,
1782, 런던 내셔널 갤러리

전제에서 새는 등장하지도 않았는데 결론에서 새는 주체가 되어 있습니다. 이럴 경우 삼단논법에서 생기는 오류를 소개념 부당주연의 오류라고 하는 것입니다.

'비유의 오류'도 들어 있습니다. 연관성이 전혀 없는데도 묶어 버리고, 한 가지 작은 공통점을 가지고 커다란 결론으로 이끌어 갑니다. 남자가 왜 하늘인지 설명도 증명도 않고, 하늘이 땅보다 크니까 남자가 여자보다 크고, 올려다보니 높은 것이고, 높으면 지위도 높다는 오류에 오류가 이어지고 있는 것이죠.

흔한 예로 '여자와 북어는 사흘에 한 번씩 때려야 한다'는 속담을 들 수 있습니다. 여자와 북어가 왜 나란히 놓여야 하는지 설명도 근거도 없습니다. '때리면 부드러워진다'도 '굴복한다'와 '질감이 달라진다'를 비유적 표현으로 묶어 버린 것입니다. 이 속담은 인간에 대한 신체적 지배 특히 폭력의 지배를 북어 한 마리로 정당화하는 잔인한 횡포일 뿐입니다.

여기까지는 서양의 논리학에 근거해 살펴본 오류이고 동양의 전통에서는 어떨까요? 동양의 철학적 전통에서는 여자를 하늘로 여기거나 위로 오르도록 권면하는 대목도 있습니다. 그런데도 불구하고 그냥 거꾸로 뒤집어 사용하고 있다는 겁니다.

동양철학의 먼 뿌리인 『주역』을 뒤져 보면 주역을 구성하는 최소 단위는 '효'입니다. '효'는 양효(−)와 음효(--) 두 가지가 있는데 남성과 여성의 성기를 본따 만들었다고 전해지기도 합니다. 기원이야

확실치 않지만 양효와 음효는 인간이 혼돈의 상태에서 세상을 체계적으로 파악해 보려고 분별을 시작함에 따라 밝음과 어둠, 위와 아래, 좋음과 나쁨 등 이원적인 분별을 나타내는 부호로 형상화된 것이라 보아야겠습니다.

혼돈 중에 하나의 기운이 있어 이것이 둘로 나뉘고 다시 각각 나뉘어 사상四象, 다시 각각 나뉘어 팔괘八卦로 전개되는데 이것의 조합에 따라 다시 64개의 괘로 발전한 게 주역의 체계입니다. 팔괘 중에는 하늘乾이 있고 땅坤이 있는데 하늘은 태극기에서 보듯이 '☰' 이런 모양입니다. 땅의 모양은 '☷' 이렇습니다. 세상의 섭리와 이치, 운명을 설명하는 64개의 괘 중에 하늘이 위에 있고, 땅이 아래에 있는 괘가 천지비天地否입니다.

이 괘의 괘사는 '꽉 막히게 하니 사람다운 모습이 아니다. 군자가 이런 걸 오래 두고 버티면 이롭지 않다. 큰 것이 가고 작은 것이 오기 때문이다'로 풀이되는데 한마디로 모든 일이 소통이 안 돼 막히고 뒤집히고 사람 사는 꼴이 아니라는 뜻입니다.

반대로 하늘이 밑에 있고 땅이 위에 있는 괘는 지천태地天泰라고 합니다. 이 괘의 괘사는 '작은 것이

가고 큰 것이 오니 길하여 형통하다'라는 것으로 모든 것이 안정되고 제대로 어울리고 태연하다는 뜻입니다. 땅의 기운은 아래로 내려오고 하늘의 기운은 위로 오르려 하니 땅이 위에 있어야 두 기운이 만나서 온갖 조화를 이룬다는 것이고, 반대로 하늘이 위로 가면 두 기운이 제각각 등을 지고 제 갈 길로 가버리는 것이어서 될 일이 없다는 것입니다.

서양에서 코페르니쿠스적 전환이 있기 전까지 땅은 평평하고 그 위에 하늘이 있다고 여겼지만 동양에서는 일찌감치 하늘이 땅을 감싸 안아 떠받치고 있는 것임을 통찰해 낸 것일 수도 있겠습니다. 그렇다면 생명을 남녀 구분 없이 품었다 세상에 내놓고 젖을 먹여 기르는 여성이 땅을 감싼 하늘이 되는 것이 바른 이치라 하겠습니다.

노자의 『도덕경』에도 '강대强大는 처하處下여 유약柔弱은 처상處上이라'했습니다. 사회구조 속에서 또는 정치적 정세 속에서 힘과 권세를 얻었다면 마땅히 밑으로 내려가 거하라는 뜻입니다. 대통령보다는 장관들에게, 청와대보다는 정부 각 조직에, 수도 서울보다는 각 지역으로 권력이 분산되어야 하고, 또한 더 아래에 있다고 할 국민들이 가장 위에 거하여야 한다는 정치사회적 가르침이기도 할 겁니다.

노자는 아예 하늘은 부드럽고 약하기에 위로 갈 수 있는 거라고 가르치고 있습니다. 힘을 뽐내고 뻣뻣하면 이미 하늘 구실은 기대하기 어렵다는 의미입니다.

이를 두고 '남자는 하늘, 여자는 땅'이라며 위세를 부린다면 이는 개념 없는 억지일 뿐 아니라, 천도天道와 순리順理를 벗어난 비동양적 사고와 처세가 되는 것입니다. 언제고 그 속담을 주워섬기는 사람을 만난다면 불쌍히 여겨 주십시오.

신사로
늙어
간다는 건

바람의 색깔이 바뀔 조짐을 보이면 가을 남성 패션에 관한 기사들이 줄지어 등장합니다. 언론의 기사들을 요약하자면 올가을 남성복 트렌드는 영국 신사…… 뭐 이런 것들입니다. 전문가까지 등장해 "지난해 가을은 마초풍의 정통 클래식이 유행이었고 올해는 정통 클래식에 현대적이고 도회적인 감각을 덧입힌 '영국 신사'가 대세일 것"이라고 합니다. 그리고 덧붙이기를 "영국 귀족풍의 여유로움을 표현하는 것"이라고 합니다.

마초풍의 정통 클래식이 어떤 건지는 모르겠지만 영국식으로 입으면 신사풍이고 신사풍은 모던하고 도시적인 영국의 귀족 스타일이라고요? 물론 영국에 기사도騎士道의 전통과 잇대어 신사도紳士道라

귀스타브 쿠르베, 〈파이프를 문 남자〉, 1848~1849, 몽펠리에 파브르 미술관

부를 만한 시대적 조류가 있었음은 인정할 것이지만, 영국이 신사적인 나라는 결코 아니고 영국식으로 입으면 신사가 된다는 것도 낯간지러운 이야기일 뿐입니다. 그리고 영국의 신사는 모던하고 도시적이지도 않았습니다. 시쳇말로 참으로 개념 없는 전문가요, 놀아나는 기자들입니다.

한자로 적는 신사紳士는 중국의 사대부를 일컫습니다. 훗날 영어 'gentleman'에 해당하는 역어를 찾다 보니 다소 억지로 가져다 쓰게 된 단어입니다. 사전적 의미로 '사람됨이나 몸가짐이 점잖고 교양이 있으며 예의 바른 남자'를 가리킵니다. 그렇다면 오리지널 신사라는 영국 신사는 어떤 사람들이었을까요?

영국의 신사는 반드시 귀족은 아니었습니다. 지주 출신, 상공인, 금융인 등이 대부분으로 나름 경제적 여유는 있던 계층이었습니다. 그래서 스포츠와 여가 활동, 파티를 즐겼다 합니다. 그러나 졸부 취향에 물들지는 않아 시민으로서의 의무에 솔선하고 명예와 관용을 중시하고 사회적 약자에 대한 배려를 자신들의 책무이자 덕목으로 여겼습니다. 웰링턴이 신사에 대해 남긴 말이 신사 집단의 강령과 신조를 잘 축약하고 있죠.

"신사를 알아보는 방법은 많지만 절대로 실패하지 않는 방법이 한 가지 있다. 아랫사람들을 어떻게 대하는가? 아녀자들에게 어떤 행동을 보이는가? 고용주는 직원을, 스승은 제자를, 장교는 부하를, 즉 자기보다 약한 사람을 어떻게 대하는가? 하는 것이다."

그들이 사는 모습은 과연 어떠했을까도 살펴보죠. 〈The English Gentleman(더글라스 서덜랜드, 1978)〉이라는 소개서를 보니 이들 신사는 승용차를 타도 롤스로이스 세단 같은 고급 승용차가 아니라 웨건을 애용했다 합니다. 영국 신사는 애완견을 데리고 다니는 게 당대의 트렌드였고 애완견과 함께 이동하자면 세단 타입보다는 웨건 타입이 동반자인 견공犬公에게 편안하고 쾌적했기 때문입니다.

신사들의 주거지 또한 시내 요지에 있는 고급 빌라나 저택이 아니고 교외로 빠져나가 한적한 곳에 적당히 낡은 전원주택이 대부분이었다고 합니다. 권력이나 지위, 비즈니스 파티와 사교 모임…… 이런 것들에 빠지기보다는 적당히 거리를 두고 살았다는 이야기입니다.

입는 옷 역시 편안하고 검박한 스타일을 즐겨 소매나 팔꿈치를 덧댄 콤비 스타일 차림이 트렌드였습니다. 〈How To Be Gentleman〉이라는 미국 신사 가이드북에 등장하는 아메리칸 신사도 그 기준과 행동 양식은 다르지 않습니다. 호텔이나 백화점의 무거운 문을 여닫을 때는 항상 뒷사람을 살피며 배려하고, 거리에서는 담배를 피우지 않으며, 비 맞고 가는 누구든 불러 함께 우산 쓰기를 청한다 등등 한마디로 이웃을 배려하고 편안케 하는 방법들을 체득해 실천하는 것이 '신사의 도리'라고 되어 있습니다.

트렌드에 맞춘 옷차림, 고급 시계 등의 액세서리, 승용차, 화장품……. 요즘 줄줄이 들이대는 신사의 요건要件은 상품 마케팅에서 비롯된 허울일 뿐 오히려 과거의 신사로부터 먼 내용들입니다. 당시의 신사라 함은 타인에 대한 배려와 존중을 실천하는 표상으로서 그 시대 이웃들에게 기준이 되는 '사회적 존재'를 의미하는 말이었던 겁니다. '괜찮은 사람들이 있었더라'가 아니라 그 사회에서 문화로, 전통으로, 교육으로, 긍지로 지속되며 사회의 모범 기준이 되는 존재였다는 것이 중요합니다. 남들이 그들을 그리 여겼고 자신들이 그것을 명예롭게 여겼기에 '신사'는 존재할 수 있었던 것입니다. 어머니가 아이를 데리고 길을 걷다 신사의 풍모를 지닌 남성을 마주치거나 이웃을 배려하는 신사를 발견하면 아이에게 "너도 자라 저런 신사가 되어야 한다, 너도 숙녀가 되면 저런 짝을 찾으렴……" 하며 그가 어떤 점에서 본받을 만한 신사인지를 설명하는 것, 시대의 표상이란 이런 존재인 것이죠.

21세기의 신사는 어떤 사람일까요? 시대가 변했다 해도 잉글리시 젠틀맨, 아메리칸 젠틀맨과 그리 다를 건 없어 보입니다. 그렇다면 한국의 신사는 어떤 사람일까요? 남성 잡지에 등장하는 트렌드나 액세서리를 충실하게 사서 갖추면 신사가 되는 건 아닙니다. 21세기 한국의 신사, 이것은 오늘 고민해 볼 만한 실존적 물음입니다.

정치인이나 고위 관료랍시고 우리 앞에 나서는 사람들의 면면이 늘 실망스럽고, 학교에서, 직장에서, 거리에서 성폭행이 저질러지고, 술은 폭탄이 되어 퍼부어지는데 신사들은 누구이며 어디서 무얼하고 있을까요? 음습한 공간에 모여 여자들을 향해 성희롱을 늘어놓고 군복무한 남자들이 가족과 이웃을 위해 의무를 다했다 긍지를 갖기보다 '억울하다, 공채할 때 점수나 더 달라'고 아우성치는 이 사회에서 신사로 늙어 간다는 것은 어떤 것일까요?

비슷한 고민을 했던 걸까요? 유안진 시인의 시 '지란지교를 꿈꾸며'에서 그 한 자락을 엿볼 수 있습니다.

시인은 깊고 시원하며 예술과 인생을 소중히 여기고 수수하되 멋을 알고 중후한 몸가짐을 할 수 있는 사람을 꿈꿉니다. 맞습니다. 그 사람이 신사입니다.

속절없이 나이만 먹더라도

신사다운 사람의 이야기를 보면서 시대정신과 시대 상황에 서로 조금씩 다르고 계급적 한계가 느껴지기도 하지만 그들의 언행을 일관되이 움직이고 있는 무언가가 느껴집니다.

스코틀랜드의 유명한 시인 로버트 번스의 일화를 소개하죠. 번스가 젊은 후배와 함께 길을 가다 마을 농부를 만나자 정중하게 고개를 숙여 인사를 나눴습니다. 혈기왕성한 귀족 후배는 번스가 하류층 사람에게 고개를 숙인다고 힐난했습니다. 그러자 번스가 뜻밖에도 큰소리로 꾸짖었습니다.

"나는 저 사람의 신분증명서나 외투, 모자를 만나 인사한 게 아니야. 그걸 덮어쓴 한 사람에게 인사를 건넨 것이네. 저 사람이 우리보다 가치가 덜하다고 자네가 어떻게 자신할 수 있나?"

지당하신 말씀입니다. 당대의 존경받는 신학자이자 시인인 제레미 테일러, 새로운 방적기를 발명해 영국 섬유공업의 기초를 다져 우리 고교 시절 산업 교과서에도 등장하던 리처드 아크라이트, 영국 법원의 수석 재판관으로 존경받은 텐터든, 풍경화의 거장 죠지프 말러드 윌리엄 터너……. 열거한 네 사람의 공통점이 뭔지 아십니까? 바로 전직 '이발사'라는 것입니다. 이 말에도 어폐가 있습니다. 그들이 이발사 일을 평생 계속했다 해도 성실히 이웃을 위해 땀 흘렸다면 존경받아 마땅한 것이죠.

자선 사업가로 유명한 포웰 벅스턴은 당신의 스승이 누구냐 물으면 자기 집안 사냥터 관리 담당 집사 에이브러햄 플레스토라고 대답했습니다. 집사 플레스토는 글을 읽고 쓸 줄조차 모르는 문맹이었습니다. 그러나 벅스턴의 아버지와 어머니, 이른바 주인 나으리들이 자리를 비워 어린아이만 남아 있어도 혹은 아무도 안 보는 곳에서도 언제나 태도와 행동이 정중했고 예의에 벗어나는 몸가짐이 없이 사려가 깊었다고 벅스턴은 회상합니다. 그렇게 집사 플레스토는 그 집안에서 가장 고결한 성품을 지닌 사람으로 벅스턴의 가슴에 새겨져 먼 훗날 주인집 아들의 최고의 스승이었다는 찬사를 헌정받은 것입니다.

존 싱어 사전트, 〈리블스데일 경〉, 1902, 런던 내셔널 갤러리

나의 선배 한 분은 자기 가슴에 새겨진 한 소녀의 이야기를 들려주곤 했습니다. 선배의 젊은 시절, 더운 여름날 시내버스를 타고 가는데 갓 중학교에 들어갔음 직한 소녀가 껌을 팔기 위해 버스에 올랐습니다. 부모가 온전치 못하시고 동생과 자신의 학비는 벌어야겠고 해서 껌을 팔러 나섰으니 사달라고 통상 등장하는 가정사를 꺼내며 껌을 팔았습니다. 그래도 아이의 눈빛이 진정성이 있어 보이고 야무져 보여 호응은 괜찮은 편이었습니다.

한 신사가 천 원을 내놓고 껌 한 통을 받은 뒤 거스름돈을 사양하며 학비에 보태라 배려를 해줬습니다. 그러자 그 소녀는 손을 내저었습니다.

"아닙니다. 구걸을 하러 나선 게 아니고 그냥 껌을 팔아 보태려는 겁니다. 껌은 100원입니다. 필요하신 만큼 사주시면 됩니다."

빈궁하던 학창 시절, 가끔 담배꽁초를 주워 피기도 하고 맨밥에 마요네즈 비벼 간장과 고추장만으로 욱여넣으며 살 때 선배의 이 이야기는 큰 힘이 되었습니다. 그 여학생 아마 내 또래쯤이실 텐데…….

저명한 교육학자 매슈 아널드의 이야기도 있습니다. 학습 진도를 당최 못 따라오는 아이를 심하게 꾸짖었는데 그 학생이 고개를 들어 아널드를 한참 쳐다보더니 불쑥 이렇게 말하더랍니다.

"선생님 왜 화를 내시나요? 저는 나름 학습 진도를 따라잡으려 최선을 다해 애쓰고 있는데……."

아널드는 교육자로 일생을 보내면서 자기 인생에서 그렇게 가슴 벅찬 적이 없었고 그 눈빛과 말을 평생 잊지 않고 살았다고 회상합니다.

나는 종종 청강 장일순 선생의 이야기를 후배들에게 들려주곤 합니다. 내게는 사부師父의 스승이시니 사조師祖인 셈인데 일화 하나를 소개할까 합니다.

하루는 암울한 시대를 고민하던 젊은이가 찾아와 하소연했습니다. 이 혼탁한 세상 더 이상 견딜 수가 없다며 낙심하는 젊은이에게 선생께서는 하천 둑을 거닐며 물으셨습니다.

"당신 같으면 어떻게 이 흐린 강물을 맑게 하시겠소?"

대답 없는 젊은이를 옆에 두고 사조께서는 "나라면 뛰어들어 함께 흐르며 맑게 하겠네"라고 자문자답하셨다 합니다. 사조께서 하신 이 말씀을 전해 듣고 구절의 뜻이야 못 알아들을 것은 아니었지만 뭘 건져 내진 못했습니다. 그러다 사조의 일화 하나를 떠올리는 순간 퍼뜩 그때 그 말씀이 그것인가 깨침을 얻은 바가 있습니다.

원주 기차역에서 아주머니 한 분이 딸을 시집보내려고 준비한 밑천을 몽땅 소매치기당했습니다. 백방으로 헤맸지만 찾을 길이 없자 아주머니는 마을의 어른인 청강 선생을 찾아가 애걸했답니다. 선생은 그 후 며칠 동안 역 주변 짐꾼, 노점상 등을 만나며 술 한잔을 걸치기도 하시고 도란도란 담소도 나누신 끝에 소매치기가 어디 사는 누구인지 알아내셨습니다. 소매치기 집으로 찾아간 선생께서는 아주머니의 딱한 사정을 이야기하며 돈을 돌려주도록 부탁하셨고 돈은 무사히 선생님의 축의금을 얹어 아주머니께 되돌아갔습니다.

그 후 선생께서는 다시 소매치기를 찾아가 한잔을 건네며 "자네도 이게 생계를 잇는 영업인데 방해해 미안허이"라며 사과하셨고 그 마을엔 소매치기로 먹고사는 사람이 하나 사라져 버렸다고 합니다.

아하, 개문류하開門流下, 마음을 활짝 열고 아래로 아래로 흘러라 말씀하시더니 흐르며 함께 맑아지라 하신 그 말씀 그대로 그렇게 사셨던 것입니다.

아둔하고 게을러 그런 경지에 이르기는 멀리 아득하고, 속절없이 나이만 먹은 내가 때로는 딱해도 보입니다만 못 미쳐도 다른 길로 갈 수는 없는 것이고 갈 길은 가야 하니 이런저런 궁리를 해보는 것입니다.

21세기의 매너란?

사회 속에서 신사紳士로서의 내면, 그러니까 신사다움이라고 하는 것은 외적으로는 매너로 표현됩니다. 인간의 예절과 매너가 어느 시대부터 존재한 것일까를 따지기는 쉽지 않아 보입니다. 어느 사회나 결속과 통제를 위한 규범적 매너가 있었을 것이고 종교적 바탕 위에 마련된 도덕규범이 있었을 테니까요. 우리가 함께 찾아보고자 하는 '신사紳士의 매너'와 유사한, 도덕과 사회규범이 아닌 그것보다 조금 하위개념으로서의 '매너'를 문화사적으로 찾자면 유럽의 중세로 거슬러 올라가야 할 듯싶습니다.

가장 먼저 살펴볼 것은 매너의 기원이라 할 '궁정에서의 예절'입니다. 중세 봉건시대는 오늘날과 같은 세밀하고 섬세하게 분화된 예절이라는 게 있지는 않았을 것입니다. 절대적인 왕王이 존재하지 않고 지방분권적인 영주 시대였기에 예절의 기준도 단순하고 거칠었습니다. 물론 예의범절에서 벗어났을 경우에 취해지는 통제도 허술할 수밖에 없었습니다.

가장 쉬운 예로 중앙 권력의 왕王이 지방의 영주에게 세금을 요구하고 통제를 강화하면서 반발을 무마하는 조로 내준 것이 초야권初夜權입니다. 자기 아랫사람의 딸이 결혼을 하기 전에 영주와 첫날밤을 치른 뒤 승인을 받아야 한다는 황당한 규범이죠. 물론 대부분 초야를 빼앗기는 대신 돈을 바치는 것이 상례여서 세금의 일종이 되어 버렸지만 여성의 정조를 이처럼 취급했다는 데서 규범과 매너의 수준이 어떠했는가 짐작해 볼 수 있겠습니다. 이런 시대에 권력의 정점인 봉건 영주와 그 아래에 머물던 계급, 기사騎士 사이에 적당히 이뤄진 규범이 '궁정예절Courtoisie'입니다.

그 이후 17세기에 접어들어 절대 왕조가 지배하고 상류계급은 왕과 귀족이라는 지배계급 밑에 경제력을 갖춘 평민 부르주아가 등장해 상하上下이면서 삼각관계로서 서로 협력하고 견제하는 긴장 관계를 갖추게 됩니다.

이런 절대주의 시대의 궁정예절을 'Civilite'라고 구분해 부릅니다. 왕권이 강해지고 왕은 말을 듣지 않는 귀족에 대해 제재를 가할 힘이 생겼던 시대입니다. 귀족들은 왕에게 머리를 확실히 숙여야 하고, 부르주아 계급이 재물을 바치며 왕의 총애를 받는 경쟁자로 떠올라 귀족들로서는 존재감을 상실할 변혁의 시대가 도래한 것입니다.

귀족들은 어쩔 수 없이 왕의 총애를 지키고 신흥 계급 부르주아 계급과 차별화를 짓기 위해 세련된 행동 양식을 만들어 발전시켰습니다.

왕에게는 '나 이뻐?!'로, 부르주아에게는 '어휴 천박하게시리!!!'로 써먹을 수 있는 '행동 양식', 이것이 궁정예절로 굳어지고 이것을 어기는 자는 왕이 징치하지 않아도 계급의 안위를 해친 자로서 귀족 계급 내부에서 자율 규제를 작동시켰습니다. 이것이 개개인에게 내면화되면서 궁정예절은 왕궁을 벗어나 집에서 가족에게, 타인과의 관계에서도, 혼자 지낼 때라 해도 지켜야 하는 '품격과 세련된 태도'로 뿌리를 내리기 시작했습니다(물론 자신을 강하게 통제하고 본능을 눌러 세련된 척하다 보니 조울증의 전성시대가 되기도 했다고 전해집니다).

18세기에 접어들어 이 궁정예절은 부르주아 계급에게까지 전파돼 사회 속에서 '문명화된 문화'로 자리 잡게 됩니다. 왕과 귀족, 부르주아, 평민의 힘이 서서히 균형을 맞추어 민주화되면서 귀족들의 예절은 범국민적 행동 양식으로 일반화가 되었습니다.

여기서 눈여겨볼 것은 왕권이 강하고 부르주아 계급의 위세가 약했던 독일과 시민혁명을 거친 영국, 프랑스의 예절 문화가 그 성격을 달리 한다는 점입니다. 지구촌의 '신사 브랜드'를 갖고 있는 영국의 신사 문화는 이 시기 정치적 민주화에 힘입어 비롯된다고 볼 수 있습니다. 여기서 기분이 껄끄러운 문제가 발생하는데 봉건시대를 거쳐 시민사회에 뿌리내린 서구 유럽의 문명화된 문화, 예절은 서구 유럽이 동양 등 기타 대륙들을 미개하고 원시적인 사회로 차별화시키며 착취하는 자긍심과 침략성의 기반이 되었다는 점입니다. 아이러니하게도 '예절'은 서구인들이 타인을 향해 야만성을 드러내는 밑바탕이 되기도 했던 것입니다.

산업사회 이후의 예절은 굳이 자세히 언급할 필요는 없을 듯싶군요. 세상은 법과 계약과 협력이 장악했고 부르주아뿐 아니라 평민들도 지킬 것을 지키고 자제하며 살아야 서로 간에 사람대접을 받을 수 있게 바뀌었습니다. 예절은 일반 사회 속에서 누구나 지켜야 할 법의 하위 규범으로 자리를 잡았습니다.

그리고 귀족들이 고상한 척 스스로 에고ego를 억누르고 뒤로는 우울증을 앓아야 했던 경험에 비추어 예절을 그리 지키지 않아도 되는 탈출구 내지는 해방구도 설치되었습니다. 속옷을 벗고 맨몸을 드러내는 해수욕장, 가볍게 몸싸움 정도는 할 수 있는 스포츠, 대리로 싸우게 하고 만족하는 격투기, 그리고 술집…… 은밀한 술집, 더 은밀한 유곽이 대중화되었으니. 사회 구성원 전체가 예절, 매너의 대상에 포함되게 된 데 대한 반대급부입니다.

무대를 한반도로 옮겨 생각해 보죠.

우리 역시 양반과 천민, 남녀유별이라 일컫는 봉건적 예절은 고려 시대 이전보다 조선 시대에 들어서서 급격히 강화된 것입니다. 왜냐하면 중국에서 공자를 재해석한 주자朱子의 주자학이 절대 왕조의 통치 이념으로 확정되면서 그 영향을 받았기 때문입니다.

그런데 불행하게도 우리의 조선왕조 이후의 전개는 시민 민주주의가 등장한 유럽과 달랐습니다. 제국주의의 식민 독재, 해방 후의 군부독재가 이어지며 민주화가 유보된 것입니다. 왕권에서 시민 민주주의로 이행되지 못하고 정치적 독재가 이어졌습니다. 이 때문에 사회에서의 안정된 기반 마련과 성공은 법과 규범보다는 권력과의 인연, 학벌, 지역과 혈연에 대거 의존하게 되었고 이 권력 질서로부터의 이탈은 사회적 낙오로 이어지는 위험을 내포하는 그런 사회가 이어진 것입니다.

시민들의 자율적인 규범과 자제와 절제, 상대에 대한 존중과 최소한의 매너는 똑똑한 척하다가 정 맞는 지름길, 법과 질서 지키다 저만 손해 보는 사회가 이어져 갔습니다.

그렇다면 시민으로서의 자유와 신념을 억누르며 생기는 우울과 긴장, 상실감을 해소할 반대급부로의 해방구는 어디에 마련됐을까요? 마구 퍼마시는 술자리, 뇌물과 로비가 오고 갈 은밀한 룸살롱, 관료적이고 군대스러운 직장 문화, 가부장적 위세와 폭력……. 아마도 그런 곳이었을 것입니다.

이런 시대적 배경 속에서 한국 사회는 서로를 존중하며 전체를 위해 자신을 적절히 양보하고, 자율적인 규제와 견제가 이탈자를 견제할 만한 예절과 매너를 뿌리내리지 못한 채 지금에 이르렀습니다. 그리하여 '21세기 한국 사회에서 신사로 살고자 하면 어찌해야 하는가'라는 존재론에 가까운 고민이 생겨난 것입니다.

피에르 오귀스트 르누아르, 〈도시의 무도회〉, 1882~1883, 오르세 미술관

신사와 한량

서양의 신사紳士라는 것에 견주어 볼 만한 우리 고유의 이름은 무얼까 생각하다 한량閑良을 떠올렸습니다. 원래 한량은 무과에 급제하지 못한 문무文武 중 무武 쪽에 속한 양반집 자제들을 가리키던 말입니다.

고려 시대로 거슬러 올라가면 더 심각한 의미를 담는데, 고려 말에서 조선조 초기의 사족士族 자제들 가운데 병역 등을 기피하려고 호적과 군적에 올리지 않은 자제들이 많았다 합니다. 물론 정실보다는 첩실들의 자식들이 주로 해당되었습니다.

그래서 국가는 이들을 색출해 노블레스 오블리주를 실천케 하려고 여러모로 궁리를 했습니다. 그러다 보니 사족 집안의 아들로서 무예를 적당히 익힌 사람에 한해서는 소정의 시험을 거쳐 하급직이나마

벼슬도 주기에 이르렀습니다. 결국 조선 후기에는 한량이란 말이 무과나 잡과에 응시해 겨우 한 자리 잡거나 무예에 재주가 있어 곧 과거에 붙어 한 자리 얻게 될 사람을 가리키는 말이 되어 버렸습니다.

사연이 이리 흘러가니 집안에 돈 있겠다 사범한테 무예를 배우며 무과 준비차 활을 쏘러 다니고, 머지않아 벼슬길에 나서게 된다고 거들먹거리는 인간들이 생겨난 건 당연하다 하겠습니다. 혹은 무예를 연마한답시고 물 좋고 산 좋은 데로 떠돌며 일 없이 노는 녀석들도 있었을 테니 한량의 의미가 건들거리며 놀고먹는 부류라는 부정적 이미지를 갖게 된 것입니다.

그러나 이 글에서 부리고자 하는 한량은 조선조 사족의 자제들이 보여 준 그런 한량은 아닙니다. 차라리 『참을 수 없는 존재의 가벼움』의 저자 밀란 쿤데라로부터 그 의미를 빌리고자 합니다. 이 방앗간, 저 방앗간을 어슬렁거리며 총총한 별 아래 잠들며 세상을 한가로이 관조하던 그런 한량들 말입니다.

자기계발서의 원조 격인 영국 작가 아놀드 베넷은 탐욕과 호사스러움에 찌든 인간 사회를 향해 더 발전된 한량의 모습을 제시합니다. 그는 『변화의 즐거움』 등 자신의 여러 저술에서 인간관계론을 제시하며 모든 거대한 것, 어리석은 것, 진부하고 추한 것, 따분한 호사 행위로부터 스스로 물러나 이웃과 함께하려는 사람들은 반드시 존재할 것이라 확신합니다. 다만 사치스러운 소비를 먹이로 해 성장하는 대기업과 호텔, 레스토랑, 변호사, 연예인들은 그 경건한 사람들의 존재로부터 경고를 느끼지 못하겠지만 그 경건한 사람들은 새로운 세상을 향해 새로운 걸음을 옮겨 놓을 거라 주창합니다.

이전 시대라고 해서 사람들의 욕망이 폭발하지 않았던 건 아닙니다. 당연히 어느 시대나 사람은 욕망하고 일탈하며 세상을 꾸려 갔습니다. 지금 시대와 과거가 다른 것은 돈을 벌어 맘껏 쓰고 누려야겠다는 욕망이 일부가 아닌 모든 보통 사람들을 짓누르고 뒤덮지는 않았었다는 점일 겁니다. 지금은 어린아이부터 어른에 이르기까지 또는 학자건 종교인이건 모두가 물신주의에 젖어 든 세상입니다. 부자의 졸부 행위가 점잖게 타이를 대상이 아니라 지극히 부럽기만 한 그런 세상이 되어 버렸습니다. 물론 이를 거부하거나 어떻게든 되돌려 보려는 노력들이 세상에는 존재합니다.

21세기를 행복하게 살아 내는 모습은 어떤 것일까요? 쫙 빠진 승용차로 질주하고 스마트폰으로 무장하고 와인 잔을 부딪치는 것? 과연 그럴까요? 정말 스마트폰이 우리를 스마트하게 만들어 준단 말입니까?

21세기 우리 곁에 있는 한량들의 모습은 기술적이기보다 인간적이었으면 좋겠습니다. 기술과 지식을 모두의 소박한 행복을 위해 사용하려 애쓰고, 물질과 안락함 속에서 부유함을 누리려 하지 않고 밀란 쿤데라의 한량처럼 자연을 거닐고 별빛 꿈속에서 풍요로움을 찾는 사람이면 좋겠습니다. 아놀드 베넷이 확신하던 한량들처럼 다른 이들을 돕고 곤궁한 이들에게 재능을 나누며 살아가는 멋진 한량이었으면 좋겠습니다.

21세기 우리가 기다리는 신사, 숙녀들이 무리를 지어 비처럼 쏟아지면 좋겠습니다.

얀 하빅스 스텐, 〈류트 연주자의 모습을 한 자화상〉, 17세기 후반, 티센보르네미사 미술관

CBS 변상욱 대기자의 살아가는 이유
인생, 강하고 슬픈
그래서 아름다운

초판 1쇄 발행 2016년 5월 20일
초판 4쇄 발행 2019년 2월 15일

지은이 변상욱

발행인 이선애
디자인 디자인 잔
교 정 채규리
발행처 도서출판 레드우드
출판신고 2014년 7월 15일 (제25100-2014-000048호)
주소 서울시 강남구 밤고개로 26길 50 강남한신휴플러스 607동 202호
전화 070-8804-1030 **팩스** 02-379-8895
이메일 redwoods88@naver.com
블로그 blog.naver.com/redwoods88

값은 뒤표지에 있습니다.
ISBN 979-1195332489 03810

당신의 상상이 한 권의 책이 됩니다.
지혜를 나눌 분은 원고와 아이디어를 redwoods88@naver.com으로 보내 주세요.

※ 이 인쇄물(본문)에는 포천 오성과 한음체R를 사용하여 디자인된 부분이 있습니다.